U0887654

——想象，比知识更重要

幻象文库

# 爱丽丝没有回话

墨熊 著

新 星 出 版 社 NEW STAR PRESS

# 端木夜雨，A，中学生

很多年后的某一天，端木夜雨肯定会回想起这个傍晚，坐在快餐店里的此时此刻。

对，此时此刻，就和往常的每个星期五一样，他捧着已经见底的廉价饮料，吃着已经开始发软的炸土豆条，独自一人，享受着可能是整个新南京城中最便宜的“下午茶套餐”。在一周其他日子的这个时候，夜雨应该是在家写着作业等着晚饭，顺便用自己的账号登上“三千世界”，看看新闻听听相声……但是今天，星期五，他有比写作业和听相声更重要的事情要做。

夜雨并不是那种只在虚拟世界里狂霸酷炫，在现实生活中沉默寡言的品种。事实上，就在进入快餐店之前的一分钟，他还和两个小伙伴交谈甚欢——男的那个是学霸，女的那个是校花。夜雨很喜欢“现实”——虽然他的成绩并不怎么样，偶尔也会被高年级的小混混要求“放学别走”，但总的来说，他对眼下的生活很满意。

尤其是，一想到自己的小金库里已经存了十好几万的现金，甚至连父母都不知道时，他就情不自禁地得意着，嘴角洋溢出一缕“众人皆醉”的坏笑——就像现在这样。

坐在对面桌前的女生注意到了这声意味深长、简直看破俗世般的“哼哼”，下意识地抬起头，用那对水灵灵的眸子扫了这边一眼。夜雨仿佛老熟人般迎过那目光，颇有风度地回以微笑。

并不是第一次见到这位女孩了，她可能也很中意这家性价比惊人的快餐店？又或许她就住在附近，所以在夜雨光顾的时候，才不时能见到她穿着各种款式连衣裙的倩影？

她是大学生，还是已经工作了？总之她看起来比夜雨要成熟稳重得多，也正是他这个年纪所喜欢的类型。说不定……她对自己也有相似的好感？是不是该去和她打个招呼？如果就这样开始交往的话，会不会太突然了？好像还没什么心理准备的样子……

就在夜雨想入非非的时候，他无意间瞥见了墙上的挂钟——5点15分，这美妙的锐角预示着差不多是“客户们”上线的时候了。他赶忙用纸巾擦了擦油腻的手指，从怀中掏出一支黑色的数据机，小心地擦拭一阵，轻轻套在耳郭之上。

外形虽然是兰顿公司生产的普通商用款式，但内部却经过了几乎是完全手动的改装，从黑市上购来此神物的时候，制作者特别强调了不要向任何人透露他的名字——夜雨遵守了誓言，但这并不能阻止这位卖家两天后就被数码警察人赃并获，摁倒暴打，扔进了监狱，

吸气，数到四，吐气，轻轻按下电源开关，再吸气，数到四，再吐气。

伴随着吐纳的节奏，数据机发出的数道脉冲穿过太阳穴，在颅腔内回荡，最终汇集在从出生时便已固定到脑干边缘的生物芯片上。刚开始几次使用时，夜雨被这强烈的冲击呛得一阵眩晕，掌握方法之后便没什么困难了。当然，他还是希望那位制作者能够把这个

“伪装登陆”程序改得更人性化一些——如果他出狱后准备重操旧业的话。

“伪装登陆开始”——

嵌着这个词的界面比往常早三秒钟跳进脑海，就像宽银幕的全息电影般豁然展开，将眼前的现实搅得一片混沌，夜雨“哎”了一声，赶紧合上双目将注意力集中。

在爱丽丝给人类开放多账号权限之前，“伪装登陆”是足以被肉体消灭的重罪。就算是现在，没有权限而肆意进行“伪装登陆”的熊孩子们依然是数码警察一直追猎的目标——抓到了至少也是十五天的劳教。

以夜雨这从娘胎里带出来的胆小性子，如果不是为了赚钱，他甚至不会去试着了解“伪装登陆”这个词的意义……可现在他却如此驾轻就熟，连夜雨自己都不明白，到底是有多强烈的欲念才能驱使他走到这个地步。

也许……旧人类正是因为缺乏“该在哪里停下来”的自知之明，才会被爱丽丝灭绝的吧？

眨眼间，黑暗的界面被一片银白色的柔光所取代，“世界”也渐渐清晰起来。这是一个没有门窗的狭小房间，巴洛特风格的陈设，配着水墨画和土豪家里常见的真皮沙发，单独看都很上档次的样子，凑在一块儿却不协调到了可怕的程度。

这个账号的名字是……“我最帅 9527”？

夜雨不禁一声苦笑，虽然他没有权利选择“伪装”的对象，但如此不讨喜的名字，恐怕连客户们也会嫌弃的吧？

“真是个没品位的 ID，对吧？我也这么想。”

突如其来的人声，让夜雨、或者说“我最帅 9527”吓了一跳。

他猛地转回头来，与穿着燕尾服的绅士四目交投。

“你是……”

是谁？不，比起这显而易见的问题，更重要的是……他是怎么进来的？！

绅士半倚半靠，用很放松的姿势站在壁炉旁，左手拿着烟斗，右手揉捏着银白的鬓须，微微含笑，那细致而又诡谲的神情，肯定不是什么流氓软件留下的小广告，而是真真切切的活人。

“你是……怎么进来的？”

登录界面之后的“密室”，可以说是用户的“大脑”与“三千世界”之间最后的防线，是以爱丽丝之名封印的隐私地带，能够进到这里面的无非是黑客和——

“数码警察？！”

夜雨条件反射般地猛睁双眼，左手无名指已经搭在了数据机的电源开关之上。

“别急着下结论，端木同学——”

绅士指了指侧墙上的水晶挂镜，顺着他的示意望去，夜雨不禁惊得无以言表——镜中的自己，竟与绅士的造型完全一致，亦即是说，那并不是他的形象，而是这个“我最帅9527”的形象……能做到这种事的家伙通常被称为“更名者”——那种无论数码警察还是普通“三千世界”用户都恨之入骨的顶级黑客，如今就站在自己眼前——一个倒卖外挂的无名小贩眼前！

最糟糕的是，他“似乎”还知道自己的“真名”……

“你……”夜雨颤巍巍地问道，“你认识我？”

“当然。我还知道你买外挂，各种游戏的毛坯外挂，批量地买，尤其是那些还没开始发售运营的游戏——”那绅士大大咧咧地在真皮沙发上落座。“然后用‘伪装登陆’对它们一一进行测试，凡是能成功发挥作用而又不会被监督者发现的，你便对其进行改良，再转手卖给真正的使用者……你一个人做不了所有的工作，应该有个小团队——”他颇自信地点点头，“但你应该是里面的核心，至少每一个卖给下家的外挂，都要由你来进行最终测试。说说看，端木同学，你干这个赚了多少钱？ 5万？ 10万？ 15万？”

虚拟世界中的人物，看起来永远都是平静自若，而在现实中、在快餐店里坐着的端木夜雨，手心已开始冒汗，连呼吸都乱了步调：

“呵呵……哥们儿你厉害啊，这个‘伪装账号’我是第一次登陆，也能被你抓到……”他的手指依然没有离开电源，“你是哪个外挂工作室的吧？想讹我的我可明说了哦，你——”

“你叫端木夜雨，今年十六岁，在新南京第十三中学上十年级。”绅士面无表情，用冰冷的快语打断了他的话，“你的父亲是服装设计师，母亲是医生，曾有一个小你两岁的妹妹叫端木晨风，三年前出了意外惨死，脑浆四溢但生物芯片竟然保存了下来……”他顿了顿，点点自己戴着礼帽的脑袋：“于是你的父母向自治政府提出申请，领养了一个用你妹妹芯片里的记忆与人格制作的合成人，你并不喜欢她，但也不像一开始那么厌恶了，今年还拿钱给她买了生日礼物——从你那个存了十三万四千七百五十三元的秘密账户里面。”

夜雨吞咽了几下，整个人都僵在了座位上。

“现在愿意听我说话了吧，端木同学？”绅士微微一笑，“那我们聊点儿别的，比如你那扎着小辫儿的可爱妹妹，她是做什么工作的？”

“她？工作？”夜雨苦笑着应道，“她都不用上学，吃喝玩乐算工作吗？”

“知道为什么合成人被叫作‘爱丽丝的猎犬’吗？”绅士摇摇头，“因为人类没有生产它们的权限，每一个合成人的诞生都要经过爱丽丝的批准，每一个合成人都对应一个量身定做的工作岗位——一个萝卜一个坑。”

虽说这都是常识，但夜雨还是无法理解，像他“妹妹”那样身形娇小、脾气恶劣、力弱腿短、看起来百无一用的合成人能适合什么工作——除了为父母治愈丧女之痛以外。

“你不知道，因为你没有权限知道。”绅士的笑容变得有些狰狞，“她的主脑序列号是G3C110005D，她的身体搭载了超高辐射抗性的原型护层，她的职业是核电站潜水员，她的服役开始日期是今年的12月21日。”

即便是自治政府的高层也不可能了解到类似的信息，它已经超越了人类的最高权限，因此夜雨的第一反应和这个时代的任何一个正常人一样：

“不可能！你不可能知道这些！这权限……这……”

“我的权限不是由谁给的，而是争取来的——”绅士耸耸肩，“你可以在爱丽丝创造的‘三千世界’里愉快地使用外挂，为什么我就不可以在它创造的其他地方做些手脚呢？”

“你……你能黑进爱丽丝的数据库？”夜雨攥紧的右拳，在裤子上用力地磨蹭着，这几乎引起了快餐店服务员的怀疑，“逗、逗我？这怎么可能？”

“哦，那并没有想象中难，端木同学，只不过你不在这个圈子而已……”那绅士沉默了几秒，突然收起笑颜，“总之，现在你应该明白了吧，我根本看不上你那十几万的小账户，而如果我真想讹你的话，你也根本就跑不掉。”

夜雨终于将左手食指从数据机的电源开关上挪开，慢慢放下。

“那……你想干什么？”

“来，先坐下。”绅士颇优雅地朝面前的沙发一比，“放轻松，没什么大不了的——我向你保证。”

## 塔莉，B，爱丽丝的猎犬

地球轨道，距大气层 355071 米。

“没什么大不了的，咱说得没错吧？塔莉姐，没什么大不了的呢。”

“你！我说兰兰！你他妈的到底是在哪儿学的驾驶？！”

塔莉紧紧抓着扶手，力气大得简直要将其从副驾驶的座位上扯下来。她显然还惊魂未定，就好像刚刚从噩梦里惊醒一般神情狰狞，目光恍惚。

“驾驶？你是说开车？”主驾驶座上的黑发美少女顽皮地摇了摇下巴，“咱的驾照还没考到呢，那教练竟然没让过，明明让他摸了胸的……”

“别他妈七扯八岔的好吗？！干！”此时此刻的塔莉已经气急败坏，完全顾不得淑女形象地爆起粗口，“我他妈说的是驾驶航天飞机！”

伊卡洛斯 9，既不是最先进也不是最落后的型号，在爱丽丝日益壮大的深空舰队中，它只能算是一个不起眼的小角色——但无论如何，这也是一架可以冲破重力诅咒、凭一己之力突破大气层的“航天飞机”。

“驾驶航天飞机？”兰兰松开握着操作杆的右手，得意扬扬地点了点自己的脑门，“那可是咱的出生自带技能哟！天生的呢！”

兰兰并没有吹牛，作为一个合成人，她在主脑定型前就已经掌握了几乎所有人操航天器的驾驶方法——虽然从今天的表现来看，“实践”与“知识”之间还是有着鸿沟般的差距。

“那你就不应该被生出来！”塔莉指着还在“抽搐”的仪表盘，“瞧你丫这水平！都快被你玩爆炸了好吗？！”

“你……这是在嫉妒，对吧？”兰兰全然不在意地憨笑着，“嫉妒咱才出生两年就当上了深空舰队的驾驶员，嫉妒咱这即便偏离了航道还是能强行按时到场的神之驾驶技术。”

“一坨屎好吗？！你的技术就是一坨屎！”塔莉激动得摇头晃脑，额前的刘海都在乱颤，“发射的时候我就告诉你航道校准器没有开！你当时说了什么？”

“没什么大不了的啊，咱用不着航道校准呢。”兰兰很自信地点点头，那姿态与语气就跟45分钟前一模一样。

“结果你差点儿撞上了卫星！”塔莉猛地提高嗓门，几乎是在嘶吼，“撞上一颗他妈的搭载了12吨贫铀动能弹的轨道炮卫星！”

“这不是没撞上吗？放心——”兰兰笑吟吟地伸手过来，拍了拍塔莉的肩，“咱这种场合也模拟过好几次了，才撞到过一两次而已，没什么大不了的呢。”

塔莉竟是无言以对……在她年仅八岁的短暂生命之中，做过很多令自己后悔的蠢事，但从未像今天这样到了要怀疑人生的地步——作为“高加密级硬件维护工程师”而出生的她，明明没有任何“太空活动”方面的技能，却在两个月前阴差阳错地被选进了深空舰队。刚开始塔莉还以为是甄选程序出了什么漏子，一边窃喜一边向朋友们炫耀自己的新工作是“修卫星”，现在看来，完全有可能是不小心得罪了某个附属 AI，要被往死里整呢。

“我！我回去就投诉！你野蛮操作！违规驾驶！你置爱丽丝的资产安危于不顾！”塔莉愤愤地挥着手，“而、而且还有自杀倾向！精神状态不正常！绝对的不正常！”

“人人都有第一次的嘛，下次咱申请要一架慢点的‘鱿鱼’级就好啦……”兰兰仍是笑眯眯慢条斯理地说，“而且不管怎么说，咱们这不是到目的地了吗？一分钟也没耽搁啊。”

至少，这最后一句话塔莉没法反驳……“结果证明手段正确”——没想到这呆呆萌萌的兰兰竟然还是个马基雅维利主义者。

在伊卡洛斯 9 号的右前方，大约 1500 米的位置上，一架巨大的非自然物体悬浮在太空之中，在它那圆盘状的天线之下，是同样蔚蓝色的地球。太阳已经被地平线咬下半块，却耀眼依旧，金灿灿的光芒越过航天飞机投下的阴影，从左至右扫过悬浮物的中段，将上面的 A 字形标志照得格外醒目——漆黑的三角形徽章，看起来就像是某种掠食动物的头部，所有的血肉皮毛都被棱角分明、散着金属光泽的装甲所替代，唯有那双鲜红的血眼还残留着一丝活物才有的狡诈与戾气。

那便是“爱丽丝”的象征——纯粹的、不带任何修饰与点缀物的“爱丽丝”，既不是为它东征西讨的机械化军队，也不是在它鞍前马后的合成人走狗，这座名为“梦想壁垒”的天空之城就是爱丽丝本尊——至少也是它的一部分。

塔莉盯着那标志，正看得出神，完全没注意到空间站侧面的一支天线已经对准了这边。

奇怪的啸叫紧随而至，通讯窗口、接着是整个儿驾驶舱都变成了猩红色，人类无法理解的机器码在投影屏上一字排开，然后又是一阵啸叫：

“吾名爱丽丝，侦测到你的飞船已接近‘梦想壁垒’的最终警戒线，请做出权限应答，这是第一次警告。”

“我是塔莉，‘爱丽丝的猎犬’，414特勤队，主脑序列号G3A330509F，前来执行代号为‘太平洋9902’的日常维护及升级任务——”塔莉一边轻声回复，一边非常熟练地在控制台上操作着，“权限验证申请已发送，恭请回应。”

“咱是兰兰，ADSF，第三低轨道运输中队，主脑序列G3……”

“闭嘴好吗？”塔莉斜了她一眼，“没人问你的权限，谢谢。”

明明被狠狠“冲”了一句，兰兰却完全没有在意的样子，反而是笑吟吟地玩起了头发。

“收到申请，进入日常维护与升级标准程序。感谢你的忠诚与服务——”啸叫声停顿了大约50毫秒，“为了爱丽丝。”

“为了爱丽丝。”

塔莉点头回以相同的呼号，不知为什么突然感到一丝小小的失落——自服役以来，她接触过的每一个“爱丽丝”都只是些没有智慧的“标准程序”，还从未听过爱丽丝本尊的声音。

“根据标准程序，生成临时权限验证需要三分钟——”塔莉解开安全带，从座位上轻轻跃起，“我先去换分身，完成后你再去。”

她说着扯开了制服的领口，由于用力过猛，在失重的驾驶舱内旋转了小半圈，面红耳赤，费了好一番功夫才把整件衣物褪下，光溜溜地漂浮在半空中。

“咦？”兰兰回头一瞥叫道，“那是‘二级哺育人类’徽章？你生过孩子？”

正要打开舱门的塔莉看了看自己裸露的左臂——上面印着几个形状各异的细小文身，清一色的乌黑，风格看起来像是水墨画，其中有一张怀抱婴儿的丰满女性剪影，便是所谓的“二级哺育人类”徽章。紧挨着的是一个五角星似的复杂图案——那曾是塔莉最得意的文身，它象征着进入太空服役的“星辰大海”徽章，在数以十万计的合成人中，这可是百里挑一的荣耀。

“生过一个，女孩。”

“什、什么感觉？”兰兰突然兴致大增，整个人都扭过身来，“咱也想生一个呢！”

“糟透了——”塔莉在自己小腹部打了个“砍”的手势，“最后是剖腹产才出来的。”

“不会吧？！”兰兰大惊，“爱丽丝不是说人造子宫的功能完美吗？”

“生产人造子宫的只是一个低能的附属AI！而且我保证它自己从来就没用过！”塔莉一脸怒火中烧的表情，“应该也让它体会体会难产的‘乐趣’，说不定下一代的姐妹们就能少受点罪了！”

驾驶舱的门在身后关上的刹那，塔莉猛地意识到，自己刚刚跟一个第一次合作的准陌生人抱怨起了爱丽丝的附属AI——万一这个看起来傻里吧唧的兰兰其实心怀城府，任务结束后去打个小报告……那塔莉可就真是祸从口出了。

“干！今天真他妈倒霉！”

塔莉骂骂咧咧地飘进了货舱。在这里最显眼的位置上，固定着一台银灰色涂装的SSP09“八爪”，也有人管它叫“飞天章鱼”——异常神形兼具的绰号。为了节省空间，这台丑陋兵器的八条机械触手环抱住位于中央的球形主体，这让它看起来仿佛一只巨大的线团。

再过几分钟，兰兰就会将主脑置换进这里面，零距离、一对一地保护自己作业——一想到这种事，塔莉就只能祈祷兰兰驾驭“八爪”的技术比她开飞船的时候要靠谱一点……最好能靠谱很多。

“过来，快点儿”塔莉不耐烦地打了个响指，“别跟老娘浪费时间。”

话音刚落，一个瘦小单薄的身影便从货舱的暗处缓缓飘出——那仿佛幼儿的体形，与身旁巨大的金属怪物形成鲜明对比，但也只有懂行的人才会明白，就技术理念而言，其貌不扬的前者几乎领先了整整一个世代。

它的学名是“X101 太空用试验型拟人复合体”，使用了一大堆塔莉听说过和没听说过、反正都听不懂的高科技。按照生产厂商的宣传，它是“地球上的人”与“太空中的人”之间的过渡，之所以设计得如孩童般娇小，也是为了尽可能将机体占用的空间压缩到极限。下一代的复合体据说就要彻底抛弃人类的外表——想到这里，塔莉情不自禁地望了望身旁的“八爪”。确实，比起“人形”来说，这种不可名状的触手怪更适合在虚无缥缈的纯三维世界里工作。

女体在塔莉跟前站定，它的四肢套了四个微型姿态喷嘴，穿着脏兮兮的装甲围裙——有时那些懂艺术讲品位的合成人会自己花钱给分身购买漂亮的外套甚至饰物，但显然这个小家伙不怎么受欢迎，连靴子都是出厂自带的实用货。

塔莉轻轻叩击了一下自己尾椎骨处的开关，一阵微颤顺着脊柱盘旋蹿升，在脖根戛然而止。随着“咔嗒”一声脆响，她的后脑勺从中间裂开了一条笔直的小缝，而与此同时，站在她面前的分身也用一个非常娴熟的动作将整套围裙解下，同样打开了后脑勺。

打开颅锁和换脑的双方必须都要赤身裸体、坦诚相对——这不是方便不方便、安全不安全、羞耻不羞耻的问题，而是爱丽丝给所有合成人定下的“规矩”。这好像是有什么典故和缘由，但那一定已经是G2时代的事情了，毕竟每一个序列号是G3打头的合成人都有这种设置。

塔莉从分身打开的头颅中拔下了模拟脑——一盒黑色的卡带，据说也有智能，但大概和智能洗衣机差不多。其最主要的功用是记录工作日志，而从目前的数据来看，这具脏兮兮的分身大概每个星期要“被人上”三次。昨天一个深空舰队的老兵才拿她去修引擎。

“干！简直就是公交车嘛……”

塔莉掸了掸芯片上的老灰，不太情愿地拔下了自己的主脑。

普通人类无法理解这微妙的一刻。意识仍然存在于心，所有感觉却戛然而止。一片漆黑的寂静之中，只有思维伴着时间……一秒，两秒，五秒，十秒……怎么好像比平常要久？

正疑惑着，世界突然豁然开朗，看到眼前出现了自己“主体”的模样，塔莉明白换脑已经完成。正要伸手合拢颅锁时，一股仿佛电击般强烈的刺痛却突然袭上心头，让她不禁呻吟着蜷缩起来，像胎儿一样悬浮在货舱中央。

“还吸毒？！干！谁这么没素质！”

塔莉感觉自己就像是一只在摇晃着的鸡尾酒调酒瓶，整个世界都在天旋地转——残留在这具身体之中的，绝不是什么普通的毒品，不只性子烈，而且量还不小。

“是‘猩红尘埃’？！”她好不容易控制住平衡，背靠住墙让自己缓过劲来，“妈的，幸好姐们儿我也尝过，要不然还不被你整成昏迷啊……”

# 吴克，C，数码警探

“猩、猩红尘埃？”

身旁的新人重复着这个不详的词语，双手紧紧抠住了警车的方向盘，那一脸惊恐的样子仿佛听见了亲爹去世的噩耗——哦，不对，吴克突然想起来，听局里的消息，这菜鸟好像还是个大富商之子，亲爹去世，还不一定是喜是悲呢。

“对，‘猩红尘埃’，一种新型毒品，这几个月刚流行起来，市场占有率还不高……”吴克抖了抖烟盒，一口叼住烟尾巴，习惯性地竖起右手中指想要点火——这个动作不禁让他又怀念起之前的那条老机械臂了。

“可是……前辈，咱们这不是数码警察吗？”新人脸色煞白，“怎么会和毒品扯上关系？”

“左拐。”

吴克看了一眼手腕上的百达翡丽，答非所问地命令道。

又是下午五点半——一天最美好的用餐时光。自从吴克与那个从不做晚饭的“大小姐”离婚之后，他就暗自发誓每天一定要按时吃晚饭，哪怕只是像现在这样啃几口廉价的炖菜三明治。

“前辈你……”不讨喜的新人只啃了一口便面露难色，“你经常吃这个吗？”

吴克当然可以花上几秒钟来解释“自己刚刚才知道隔壁那家很不错的汤包店竟倒闭关门了”，但这显然不是一种可以树立威信的说辞。

“A 种人要多吃些谷物和蔬菜，”他点了点自己已然寸草不生的天灵盖，“不然智力会退化的。”

“这歪理是谁说的？”新人笑道，“爱丽丝吗？”

听到有关爱丽丝的玩笑，吴克总会面露鄙夷——现在的年轻人已经体验不到这个名号的恐怖了，而在他的童年时代，人类的权限还不及现在的一半。梦中最常出现的画面，就是那灰蒙蒙的雾霾之中，造型威严的大小机械在街上列队而过，用高音喇叭重复着“服从爱丽丝就是服从天命”之类的口号……而能随意谈论“爱丽丝”——不管是黑是吹，这个权限貌似是 20 年前才解禁的。也不知眼前这只菜鸟那时出生了没有。

“‘猩红尘埃’——”吴克决定还是换个话题，他掏出一个装着红色粉末的小玻璃瓶，摆在餐桌中央。“最初是化工制药的副产品，直接口服就成，对 AB 种人均有效。这东西劲儿大，起效快退潮慢，可以干扰运动神经的信号传递，在大概 15 到 20 分钟之内，服用者会进入基本瘫痪的状态，同时眼球高速转动，思维神游，无边无际，和做春梦似的。”

“这……这就能爽起来？”新人盯着玻璃瓶，有些怯意的样子，“听起来还不如上‘三千世界’找人打个虚拟炮。”

“对嘛！说到点子上了，小子——”吴克轻轻拍了拍桌面，“这东西单独使用味同嚼蜡，搭配虚拟娱乐则效果拔群，所以你刚才问俺为什么数码警察要管毒品的事？”他顿了顿，用左右手食指同时手抵住小瓶，“因为黑客和网虫用了都说好，上个月每八件虚拟犯罪就有一件与它有关，这个月只会更多不会更少。”

“哦，我大概懂了。”新人明显是似懂非懂地点点头，“我们去打击毒贩，顺带着就能遏制网络犯罪，一石二鸟，是这个意思吧？”

打击罪犯，遏制犯罪……嗯嗯，曾几何时，吴克也是一个如此理想主义的热血青年，试图凭借微薄的一己之力，守护这个世界来之不易的秩序。理想和热血总是值得鼓励的，但考虑到这位新人是自己的搭档，那么权且不论他能跟自己搭档多久，越早教会他“真正的从警之道”就越是方便与安全。

“懂什么叫社会分工吗，小子？抓毒贩的活儿当然是缉毒警去做，俺们只是去‘结交’一下毒贩而已。”

“结、结交……谁？”新人抓耳挠腮，比刚才更不解了，“毒贩？”

吴克有义务解释这种不方便言说的问题吗？他当然没有，再者，过一小会儿就可以亲身经历到的事情，何必要再多费口舌？

“赶紧吃你的饭吧——”吴克收起玻璃瓶，不耐烦地挥了挥手，“马上开工了。”

到达火瓦巷的时间，刚好是5点45分，数码警察专用的大型多功能警车还没找到车位，副驾驶座上的吴克已经擒枪在手。

他很喜欢这把上个月才配发下来的HG9B，简直可以说是爱不释手——它依然保留了经典自动手枪的造型，只是细节更加招摇，仿佛是特意加入了许多能够体现警察“威慑力”实际上却完全无用的配饰……而比起外观，它的功能更是被厂商吹得神乎其神，什么独立生物识别啊，竞赛级加速枪管啊，逆发式防缴获系统啊……全都是吴克第一次尝试的新玩意儿。

“喂喂！前辈！你这是要干吗？”吴克欣赏似的把玩 HG9B 时，新人却是一脸惊恐，“不是说好去‘认识什么人’的吗？”

“是去认识‘毒贩’，不是‘什么人’，”吴克摇了摇手里的 HG9B，“毒贩只愿意认识三种东西——钱、货和枪，前两种咱们都没有……也许你爹有但肯定不会让你拿给毒贩，所以就只剩下枪了，你的枪呢？”

“我……”新人将视线移向窗外，傻愣了几秒后又移了回来，“没带。”

“啥？你、你没带啥？！”

一股难遏的恼怒蹿上头顶，可就在吴克面红耳赤地准备破口大骂的刹那，他突然意识到自己接下来准备说的这句“你他奶奶以为自己是干什么工作的？啊？酒吧牛郎吗”竟是如此耳熟，在记忆中，就像每一句有关“爱丽丝的教诲”那般刻骨铭心。

不错，这正是吴克执勤第一天时听到的呵斥，原封不动，一字不差。

还记得当初自己是怎么回答的吗？他当然记得，同样地，那新人踩着他的回忆一起，竟也说出了完全一样的答案：

“我以为数码警察用不到枪呢……”

甚至连那委屈的语气都如出一辙——这让吴克都不好意思责骂下去了，自己过去曾干过的愚行蠢事也像电影快进般一幕幕在眼前一闪而过……

是啊，谁没白痴过呢？

吴克将 HG9B 摆上膝盖，叼住了那根始终没有点燃的香烟。

“你叫什么名儿来着？真名，不是代号。”

“我？”新人有些扭捏：“萨拉曼 · 蒂利 · 阿里 · 夏尔马……一

般叫我夏尔就好。”

明明看上去是个金发碧眼的白种人，怎么有着印度人的名和姓……这样疑惑着的吴克，一边点点头，一边又试图用自己的右手中指点燃嘴上的香烟。

“夏尔，很好，仔细听，让我来讲解一下你马上要做什么……”

# 端木夜雨，A，中学生

“你总得告诉我马上要做什么吧？”

夜雨已经是急得额头冒汗，抬起视线的时候，又一次与餐桌对面的美丽大姐姐四目交投，而这一次，主动将视线挪开的是夜雨……毕竟，比起思春期的躁动，眼下有更麻烦的事情需要焦虑。

“什么都不说，把我困在这里算是个什么事儿？”

在“三千世界”的密室中，两位绅士正襟对坐，其中一人无论对方如何追问，都只是沉默不语，甚至连眼睛都不眨一下，形同离线。

时间是5点58分，还不到非回家不可的程度，但爹爹妈妈甚至那“假冒”的神烦妹妹从这一刻开始都随时有可能打来电话问询归期。以普通人类的生理特征来说，同时操作两台数据机相当困难，但如果只是给家里人回个信儿、解释“为什么要晚点回家”……这夜雨还能做得到。

就说是又跟篮球社的同学们在一起愉快地玩耍好啦——稍微斟酌了一下用词之后，夜雨小心翼翼地摸出自己的数据机——其貌不扬，款式落伍，连颜色都是没刷漆似的一片灰白，更没有什么合法不合法的酷炫功能，甚至登陆个“三千世界”的聊天服务器都会卡。

无论如何，它毕竟是父亲送的生日礼物，也曾让自己开心过那么一阵，虽说在学校里拿出来时会被豪门人家的阔少嘲弄，但是谁在乎呢？哥有信息战级别的定制型超级数据机，在你们研究着要如何练级打怪的时候，我这已经在靠卖外挂赚钱了……

刚准备拨打家里的电话，密室内的“绅士”突然就醒觉了过来，他猛地从沙发上跃起，一把抓住夜雨的手腕，这个粗暴的动作不只让虚拟世界中的夜雨吓了一跳，甚至影响到了现实——他“啊”地惊吟一声，屁股离椅，本能地跟着起立，引得周遭的食客们一阵侧目。

“端木同学，”绅士冷笑着歪了歪头，“你拿出另一支数据机来要干什么？”

“打、打个电话给家里，报个平安，说晚上不回去吃饭了……”

“人之常情，我可以理解……”绅士若有所思地点了点下巴，“如果一切顺利，你还赶得上回家吃饭，不过还是给你家人发条信息吧，别让他们担心，不要视频，不要说话，文字就好。”

此时的夜雨不敢有所违逆，只得怯生生地照做，一时之间，竟忘了“他是怎么知道我拿出了另一支数据机”这样显而易见的疑点。

也就在信息送出的同时，登陆密室突然一阵轻颤，就像是地震般上下晃动了几秒，连光线都在明暗之间交替了几个来回。

是“三千世界”的根服务器在检测更新——夜雨熟悉这种情况，实在太平常不过，每天都差不离是这个时间出现，据说是和地球的自转有关系……无所谓，反正不是他关心的问题。

“天时已到，我想跟你玩个游戏——”反倒是那位绅士显出激动的脸色，一把将手里的烟斗砸在地上，“现在登陆‘三千世界’，我会引导你进入指定的那个‘世界’。”

玩……玩个游戏？

夜雨的思维瞬间就凌乱了：一个有能力入侵爱丽丝系统并真的入侵过了、也因此犯下了杀身之罪的顶级黑客，费尽周折窃取了自己和自己家人的信息，却只是想要来跟我“玩个游戏”？！

所以结论只能是两个——

要么是眼前这家伙很变态，要么是这“游戏”很变态。

“我今天应该放学就回家的……”

夜雨一边苦笑着窃窃私语，一边进入了“三千世界”。

# 塔莉，B，爱丽丝的猎犬

“听说这颗卫星是‘三千世界’的主服务器？”

“是根服务器，而且它也不是颗卫星……”塔莉突然一怔，“等等，你连这个都不知道？你之前从没见过‘梦想壁垒’？！”

“啊……哈哈，人家才两岁嘛……”

即便没法透过那长了八条触手、圆滚滚的钢铁身躯看出表情，此时此刻的兰兰想必也正在傻乎乎地咧嘴笑着吧？

塔莉摇摇头：“你可真是刷新了我对合成人的认知下限……”

G3 代合成人的主脑是仿生学的巅峰，高度模拟了人类大脑的功能和作用，在批量生产并剔除瑕疵的情况下，可以轻易做出聪明冷静果敢机智幽默坚强善良的完美人种……

如果我是爱丽丝的话，一定会这么做——塔莉愤愤地想着，无论从哪个角度来看，这都是将人类文明推向更高层次的最合理手段——如果你非要保留“人类文明”的话。

可爱丽丝偏不，它不仅铁了心要“保留”人类的文明，还要“保留”人类的劣根性。在制作每一个主脑的过程中，爱丽丝都刻意地加入了随机变量，甚至直接从死去人类的生物芯片中提取人格和记忆，因而造出了许许多多的奇葩——既有慕容婉莹那样冷酷嗜杀的冷血狂人，又有兰兰这种没心没肺的呆萌软妹。

“全系统检查完毕，”兰兰的身躯颤抖了两下，“电磁屏障有点小问题，但没什么大不了的……你准备好了吗？”

“没什么大不了的”这句话今天已经听过了不下二十遍，塔莉原本以为那是兰兰在好心地安慰自己，现在才明白它只不过是人家舒缓压力的口头禅而已。

“别磨叽了，速战速决——”塔莉下意识地摸了摸后脑勺，最后确认了一下颅锁，“走吧，开工。”

透明的舱盖向两侧展开，那巨大的“梦想壁垒”竟也因此而显得更近了一些，残存的特殊气体呼啸着扑入真空，在这转瞬即逝的过程中将两人猛地托起，像鲸鱼喷水那样把她俩从伊卡洛斯 9 号的货舱中抛离。

毕竟是为太空服役而生的合成人，兰兰似乎很享受这种从幽闭空间突然解脱的快感，它将八条触手极力展开，任由它们和自己球形的身躯一道在虚空中漂浮。

而塔莉却是紧张不已，虽然她现在的身体不需要任何保护措施就可以在真空中存活，但没有鳍的鱼儿也只是不会淹死，要想调整姿态还得依靠加挂在手脚上的、俗称“姿态喷嘴”的小型辅助推进器。

呼……别慌，又不是第一次了，按标准程序来一定不会出差错的……塔莉不断地给自己鼓着劲，但还是有些紧张。微重力的真空环境并不是最大的挑战，在太空中虚无的方向感才是。

她刚刚调整好姿势，一条碗口粗的机械触手突然从背后伸来，缠住纤细的腰身，将其拖曳到“八爪”本体的旁边，紧贴着外壳轻轻磨蹭：

“嘤！这个样子果然是好可爱……就像洋娃娃一样。”

“别乱摸！我在调制权限验证码……”塔莉用手扶住“八爪”的本体，保持平稳，“好了，投送‘浮标’吧。”

两条触手尖端的推进器微微点火，将“八爪”旋转着缓缓向前推送，前进了大约200米之后，另一条机械触手突然探前，像投掷纸飞机一样将抓握着的梭形金属物轻轻向前抛出。

“浮标”——塔莉听说，10年前“修卫星”时，可用不着这么一个麻烦的步骤，都怪那些不知死活的可恶黑客，才让爱丽丝不得不用上了“物理加密”的方式来确保自身数据的安全。

简单来说，这就是一把“钥匙”，爱丽丝发送给塔莉的权限，经过确认与调试后输入浮标，浮标对数据进行二次加密之后才能解开梦想壁垒的标准防卫程序。

就和其他的“爱丽丝”一样，眼前这座巨型空间站拥有独立而完整的防御系统，在浮标突破1200米的最终警戒线时，四部形态与尺寸都神似小型卫星的机械哨兵脱离本体，两前两后地互相掩护着靠上前来。其中一支伸出细长的钢爪，将浮标紧紧钳定，迅速开始了逆编码和验证。

“对了塔莉姐，梦想壁垒的内部，到底是什么样儿的？”

“还不是跟其他机器城里一样？”塔莉指了指自己的胸口，“那里没有设计给人类活动的空间，这具身体如此娇小，也只是刚刚好能在那些维护管道中爬行而已……”她突然愣了一下，“等等！你又不是维护组的人，没有权限知道这些信息！赶紧给我统统都忘了！”

“好啦好啦，咱这就忘了呢……”

突然，远处的两只机械哨兵点火加速，闪电般地越过两人，扑向伊卡洛斯 9 号。另一只没有拿着浮标的哨兵也转过头来，将血红色的光学探头对准“八爪”，通讯频道里随即响起了粗野的电子合成音——不是机器码的那种“信息啸叫”，而是人类可以理解的“语言”：

“侦测到敌意反应！请立即一切停止动作！这是最终警告！”

“哎？搞错了吧？”兰兰还当起真来，“我是兰兰，爱丽丝的猎犬，ADSF 第三——”

“行啦，闭嘴吧，”塔莉阴冷地苦笑着，今天第二次打断了兰兰的自我介绍，“你没听清吗？人家说的是‘敌意反应’——”她拍了拍“八爪”的外壳，“你除了在这里耍呆犯傻以外还做了什么能让爱丽丝觉得有‘敌意’的事儿？”

“这……咱没有呀！”

“我也没有……”塔莉哼了一声，与 30 米开外那正死盯着自己的红色探头紧紧对视，“……这才是问题所在，不是吗？”

此时此刻的塔莉，不禁怀念起当初在地面上做维护工作的日子——脚下是坚实的土地，手里是沉甸甸的工具，头顶是蔚蓝的苍穹……而在这坑爹的无重力太空之中，除了已经吓傻的猪队友以外，就只剩下强烈的无助感相伴左右。

“对了，还有烤串……”她突然想起自己最后一次在新南京的任务，不禁轻声自语，“真想再吃一次呢……”

# 吴克，C，数码警探

小巷里满溢着一股微妙的腐臭。

坏掉的水果，久置的烤串，挂在屋檐下的腊肉，还有正在大锅里上下翻腾的“百分百纯手工炒茶”，所有这些混杂在一起，拼凑出了被称为“活着”的味道——这在由机器人设计并制造的“新时代都市”之中并不常见，只有像火瓦巷这样同时汇集着贫困与自由的非主流地区才偶得一遇。

此时此刻的吴克，不禁怀念起几十年前第一次来到新南京情景，那是一个阴雨绵绵的下午……

“前辈！”

“操！”吴克被搭档这一声唤，机械手都不自觉地猛颤了两下，连臭豆腐串也掉在了脚边，“吓老子一跳！没看见俺在想事儿吗？！”

“啊……”夏尔挠了挠后脑勺，左右打量一番，确定街上无人在意这边，才悄声耳语道，“整条巷子的监控都搞定了，不会留下任何记录。”

“哟，可以嘛小子，比俺当年还麻利……”吴克依旧盯着地上的臭豆腐，“哨戒机枪呢？也搞定了？”

“自治政府从爱丽丝手里接管了哨戒机枪的权限——”夏尔下意识地捂了捂耳畔的数据机，“一时半会儿还真的搞不定了。”

虽然名义上是协助维护治安，但每一个警察心里都明白，哨戒机枪是爱丽丝用来镇压人类的第一道防线，将如此重要的“应急措施”交还给人类，这还真是令人费解……

“权限交给了自治政府？什么时候的事？”

“应该不久，我也是刚刚入侵系统的时候才知道……”夏尔耸耸肩，“而且还打着‘绝密’的封印，恐怕只有警队的高层才知道吧？”

确实是值得琢磨的“新鲜事儿”，但今天的吴克显然兴趣不在这里——应该说，他对这种与工作无关的“谈资”向来没有什么兴趣。

“不关俺们的事儿，走起——”他指着左前方一间贴满小广告的楼道，“记得把监控都移开，移不开的都黑掉，千万别让人看到俺们去过。”

“放心，前辈——”夏尔浅笑着点了点数据机的外壳，“这小菜一碟，我十三岁时就黑过小区的监控了。”

楼道的入口处坐着一位憔悴枯黄的瘦弱男子，既像是被剥夺了工作权限的可怜乞丐，又像是沉迷于“三千世界”而急需戒网电疗的游戏高手，总之是一副让人看了心酸又心寒的模样。半是出于好奇，半是身为警察的戒心，吴克用电子眼朝男子扫了一下，这才发现原来他也是个经过大幅度改造的半机械C种人——正用同样是电子眼的右眼回望着自己呢!

“别怕，哥们儿——”吴克一边安抚着他，另一边却用手握住了藏在后腰的左轮手枪的枪柄，“俺是常客。”

“我知道你是谁……巴蒂在，老地方。”

男子点了点头，用沙哑而有气无力的嗓音回道。

越是顺着楼梯向上，贫民窟的感觉就越是强烈，挥之不去的霉味让这里像是史前时代的穴居人洞窟。墙上的小广告和涂鸦层层叠叠，竟还有一些打着机器码的纸条——说不定是哪个合成人骚货留下的约炮信息。

“天哪，看这个！前辈！”夏尔指着墙上的一行红漆，“这胆子可够大的！”

WE NEED FREEDOM！FUCK OFF ALICE——浅显粗俗的口号，可想而知也是没什么文化的莽汉所留。爱丽丝一点也不担心这些所谓的“反抗者”，他们加在一起恐怕还不如一个宅在家里的黑客来得有威胁。

“看看你周围，小子，住在这里的都是些什么人——”吴克摊了摊手，“允许他们没事儿骂骂爱丽丝，这可是对警察的福利，懂俺的意思吗？”

五楼，过道的灯已经不知去向，一片昏黑之中，偶尔能听见争吵与砸碗的声响。吴克示意夏尔不要在意，两人一头闷进最深处的拐角，在一扇防盗门前停步。吴克敲门，跺脚，搔耳弄腮，仿佛进行着某种“芝麻开门”的仪式。

门开了，扑面而来的，竟然是一股浓烈的香水气息——虽说明显是很廉价的那种。屋内的环境几乎可以用“战场”来形容，大量不知名的器械堆得到处都是，很容易让人以为是闯进了一家二手车修理作坊。

巴蒂，留着一头卷毛的拉丁裔男子，双腿翘在客厅的桌上，正玩着一只魔方，看到吴克进来，便咧开了镶满银牙的大嘴笑道：

“哟嚯！这不是吴队嘛！”

说完，他又斜了一眼畏首畏尾的夏尔，“他是……你的跟班？”

“少贫嘴——”吴克不耐烦地直入主题，“这个月的名单呢？”

巴蒂将手伸进衣领一阵摸索——那样子就像是在洗浴中心里挫身上的老泥，几秒之后，掏出一卷散发着异味的小纸条，毕恭毕敬地递到吴克手边：

“话说吴队，我这当卧底的有什么凭证没？万一哪天让缉毒警给抓了……”

“什么叫卧底?！你叫线人懂吗？线人！最多算是个戴罪立功的！”吴克凶巴巴地拿过纸卷，用力抖开，“放心，缉毒警看不上你这种小虾米，真出了事俺会给你打个招呼的。”

夏尔边小心翼翼地凑过来一起看着名单边问：“前辈，为什么要用纸来记录？”

“安全啊！”巴蒂跳起来抢答道，“纸条一烧就没证据了，还不容易被黑客脏走。”

“你坐好！”吴克把纸条往他面前一压，“我记得红色的名字就是合成人对吧？那这四个的名字外面为什么还打着红圈？什么意思？”

“哟，都忘了说！”巴蒂赶忙起身，从一个破破烂烂的木抽屉里取出一只小玻璃瓶，轻轻放在桌上，“上星期，有个不认识的马仔给我推销了一批高级货，都卖光了，我留了一点点样品，就为了给队长您过目啊。”

小瓶里装着大约 10 克红色的粉末，乍看上去完全就是“猩红尘埃”的样子——吴克将它举起，放在灯光下一阵端详，没看出什么特别之处。

“咋啦？这玩意儿怎么个高级法？”

“纯度极高，A 种人第一次用可能会嗝屁，所以那马仔叮嘱我只卖给合成人——”巴蒂探身指着瓶子解释道，“那几个B种娘们试用过后都赞不绝口，还特地跟我说下次多进一些。”

“这东西你化验过没？”

“化验？”巴蒂挖着鼻屎，愣了几秒，“……我为什么要化验？”

虽然早知道跟这种地头儿上的毒品零售商谈什么“产品安全”没有意义，吴克却没想到他还回得这么理直气壮，完全不在意客户生死的样子。

“算了，还是要谢谢你。”吴克转身将小瓶扔给夏尔，“拿回去，用警车的实验台先做个简单的检查，别留下记录，懂？”

夏尔点点头，刚要转身离开就被吴克又擒住了胳膊。

“没叫你现在去！等会儿！”他又面向巴蒂，“你刚才说那个送货的马仔你不认识？难道最近来了新的蛇头？”

“应该是客户介绍的吧，那小子很自来熟。”

“哦？”明明不是自己的管辖范围，吴克却愈发有兴趣起来了，“长什么样？”

“亚裔，是个胖子，圆滚滚的，大概十八九岁吧，毛头小伙。”巴蒂突然想起了什么，“对了，他做事挺小心，还穿了一件屏蔽服。”

就在这时，一旁的监控器突然响了起来，镜头中恰好出现了一位穿着黄色“雨衣”的圆胖亚裔男孩，正和楼道口的“乞丐”对峙。

“哟嗬，说曹操曹操到——”巴蒂又咧嘴憨笑，“上周他也是周一傍晚来推销的，你们真是赶巧儿了。”

看到本人的影像时，吴克反倒是突然就没了兴致。“既然这么有缘，就让他上来过个面吧……反正也不关咱们什么事儿。”

片刻之后，那小胖便出现在了正装作赌博的三人眼前——从他的身形来说，能以这么快的速度爬上五楼还不带喘气，真是有些不可思议。

他瞥了瞥手里拿着扑克牌的吴克和夏尔，后者有些不好意思似的避开视线，或许是这个动作让他起了疑心。

“他们不像是道上的。”

异常标准的普通话、极具磁性的男声，这与吴克想象中“送毒品的小混混”的形象差距实在太大了。

“说话注意点，年轻人！”吴克歪着身子，一声冷笑，“哥在道上混的时候，你还没投胎呢。”

小胖也不再追问，而是重又转向巴蒂：“上次那批货，卖完了吗？”

“全清了，效果拔群！”巴蒂跷起大拇指，“还有吗？我们可以长期合作。”

“嗯……”

小胖点点头，由于穿着屏蔽服的关系，吴克的电子眼无法看清这小子在身上藏了什么，可在此情此景之下，又有谁会料到他能直接拔出手枪，毫不犹豫地就朝巴蒂扣下了扳机呢？

鲜血和脑浆溅了夏尔半身，这可怜的新人简直吓得魂飞魄散，而吴克在黑洞洞的枪口之下也不敢有所动作，只是面无表情地看着同样面无表情的小胖。

“哥们儿，俺只说一句实诚话——千万别杀那些你还不知道是谁的人。”

不知是这句话起了作用，还是小胖压根儿就没把吴克当回事，他匆匆收好手枪便箭步奔向阳台，用拳头砸开安全栏，破窗而出。

“这力气！”吴克一边拔出 HG9B 一边咬牙切齿地大喊，“起码也是个 C 种人！”

他头也不回地追进阳台，只给夏尔留下了一句“我去追！你去警车上待命！”便跟着跳了下去。

# 端木夜雨，A，中学生

“跳！该死的！快跳啊！”

头上是呼啸而过的MG42机枪弹，身旁是吐沫横飞的海军陆战队大兵，面前是波涛汹涌的大海……人尸鱼尸鲜血，枪声炮声惨叫——无论将视线转向哪里，都是无比混沌而恐怖的大场面，既讨厌暴力又害怕大海的夜雨，此时只觉得肠胃里翻江倒海，几欲作呕。

“太逼真了……用得着这么逼真吗？”他涕泪横流地叹道，“明明只是个电子游戏而已……”

十分钟前，夜雨按照“绅士”的指引登陆进到这个世界，当他睁开双眼时，发现自己正站在一艘登陆艇的中央——戴着钢盔穿着军装，手里还握着一根烧火棍似的木质武器……这，是枪？是枪吗？夜雨把手里的M1格兰德举过头顶，仔细研究——这个动作引起了身边两名士兵的嫌恶，看来他们应该是有人操作的角色——说不定还是老玩家。

夜雨定了定神，观察起四周——登陆艇的正前方是一条硝烟四起的海岸线，后面则是更多的小艇，不时有列着编队的螺旋桨式飞机从空中掠过，扑向那愈来愈近的沙滩。

不见“绅士”的人影，至少他不在身边——作为一个引导别人进入‘世界’的人来说，这未免也太不负责任了，起码要给自己说好干什么吧？

“这是哪儿啊？”夜雨终于忍不住地自言自语，“战场？什么时代的啊……”

“你是随机进‘世界’的？”左边的壮汉突然开口回道，“这个‘世界’挺好的，虽说是小公司制作，但绝对是纯爷们儿的游戏……你耐着性子玩几局就明白了。”

“但我不喜欢打打杀杀……”夜雨又看了一眼手里的步枪，“尤其是用枪什么的……”

“哦，那祝你好运，娘炮。”

壮汉耸耸肩，不再搭话。也许是被“娘炮”这个词给刺激到了，夜雨脑中闪过了一丝“开挂给你点颜色看看”的邪念……

等等，为什么不呢？那个绅士不正是因为自己是个卖外挂的小贩才找上门来的吗？说不准现在就是在测试自己的“业务能力”呢？

说干就干，他将自己的角色——也就是“我最帅 9527”暂退至登陆间，加载了一个被称为“嵌入”的第三方软件启动进程。

“来一杯奶昔——”

在这个令人紧张的间隙，端木夜雨——当然是现实中的他，从座位上起身，走到了快餐店的柜台前。

“草莓味的。”

当角色重又回到登陆艇上的时候，外表并未变化的“我最帅 9527”，实际上已经脱胎换骨，而他要做的第一件可以被视为“作弊”的事情，就是了解这个“世界”的本质——

经过简单的暴力破解之后，纷繁错乱的代码从眼前急速飘过，夜雨猛吸了一口奶昔，集中精神从中筛选出有用的信息，情不自禁地默念出来：

“‘游戏的时间设定是……1944 年 6 月 6 日，地点是诺曼底的奥马哈海滩，在不牺牲可玩性的前提下高度拟真了第二次世界大战中最大规模的登陆作战……游戏共分德军美军两个阵营，有角色 15000 人，服务器人数限制为 2500，其余角色由电脑自动处理’……嗯……”

夜雨摸了摸下巴，对历史毫无兴趣的他，发现了这段信息中最重要的细节：“也就是说，这个世界的‘活人’最多也就是 2500 啊……”

测试外挂的原则，除了要小心谨慎以外，就是要选好地方——通常都是那些人山人海、服务器时常不堪重负的“世界”，负责监督的 AI 最好又是那种反应迟缓、活糙人懒的“二货”——这通过论坛上喷子玩家的咒骂就能轻易分辨，据说准确度高达百分之九十九点八。

而当前这个世界的监督者代号叫“宙斯”，是最“认真负责”的 AI 之一，要是平时夜雨自己出来“跑生意”，见到它断然是会溜之大吉，再换一个“世界”碰碰运气。

最后一个捕捉到的重要数据是“4.73%”，它的前缀是一串机器码，人类无法翻译其确切的意思，但也有一个不能不说是“信达雅”的别称：“世界异常率”。

“四点七三……”

夜雨揉了揉下巴，在心里做着权衡——对普通玩家来说，即便是知道了这个隐藏在无数代码之中的数字，最多也只会有一个“这游戏运行还算稳定”的自我暗示，对实际体验几乎不会有任何影响，而对以“破坏游戏稳定”为乐趣的开挂者来说，它就相当于是一个“前方 XX 米危险”的提示路牌。

4.73%，意味着在这个非主流的小众“世界”里，游戏在平稳运行之余，有大约二十分之一的不确定因素，它们也许是因为设计失误造成的程序漏洞，也许是因为运行过久导致的数据冗余，当然，还有可能是什么人——而且不只一两个人，“开了挂”。

就在夜雨以其“职业思维”琢磨这个世界的时候，一发岸防炮轰在了登陆艇左舷外的水面上，这枚近失弹在夜雨看来简直是溅起了“滔天巨浪”，把最近的一艘登陆艇掀了个底儿朝天，所有乘员也都被直接闷在了海里。

冲击波刮着水花逼迫而来，就像一只巨掌从侧面扇中了夜雨所在的这艘小艇，极为逼真的物理引擎将人体摇撼的细节都模拟了出来，让夜雨差点儿从椅子上翻倒，游戏中的他本能地抱住了身旁的壮汉。

“放手！”那壮汉怒目圆瞪，“跳！该死的！快跳啊！”

无数机枪子弹从远处的海防碉堡里拼命射来，落在海里的大兵们纷纷成了射手的枪下亡魂……或者说用“分数”来形容更为恰当。壮汉被夜雨紧紧箍着，动弹不便，也悲催地滑入海中，一颗子弹穿胸而过，当场就嗝屁了。

不会游泳的夜雨在混着鲜血与火药气息的汪洋中挣扎，再次感叹这种高拟真的战争游戏实在是不适合自己，那呛海水的感觉和草莓味的奶昔混在一起，还真是别有一番风味——虽然最终都吐在了桌上。

好在，就算是被子弹打成了筛子，身体上也没有感觉到一丝“疼痛”……想来也对，要是连疼痛感也真实模拟，这坑爹游戏谁玩啊？

眼前一黑一亮，夜雨发现自己又一次站到了登陆艇上——完完整整，亭亭玉立，就和什么也没有发生过一样，唯有角色的正前方跳出了像素体的提示语——“阵亡次数：1”。

而那个壮汉大叔也同时“复活”——依然站在自己的左边，不同的是，这次他带着一脸恼怒：

“真哔哔倒霉！什么哔哔哔啊！”他恶狠狠地瞪着夜雨，“叫你跳你就跳！还把我哔哔哔的害死！你们这种哔哔新手！太哔哔哔了！不会玩就去当德军啊，躲在碉堡里突突突就行了，玩什么美军呢？哔哔哔！”

从通篇屏蔽掉的语音来看，这位“老玩家”的素质显然是不怎么样，属于那种“一旦输了就发飙”的喷子……而夜雨最讨厌的就是喷子，更不用说刚才他还骂了自己是“娘炮”。

得给他点颜色看看了……

夜雨又一次打开代码，熟练地加载了被称为“踢人 2.0”的非法程序，顾名思义，这种臭名昭著的外挂就只有一个功能——

“还哔哔地背着无线电？哔的，会用吗？小学生吧？以为背个大家伙就成哔哔侠了？不要逗老子了好吗……”

“走你！”

现实中的夜雨打了个响指，虚拟世界中的壮汉应声消失，被外挂直接“请”了出去，这当然是十分令人恼火的经历，不过只要不是在一对一的“竞技型世界”里使用踢人，玩家们大部分时候都只会以为是自己“运气不好”或者“服务器太差”，很少联想到“有外挂”上去。

出于“职业习惯”，夜雨瞥了一眼那象征着“世界异常率”的数字——“4.75%”，还成，在系统允许的浮动差值之内，应该不会引起宙斯的注意。

缓下劲来的夜雨，突然回想起刚才那壮汉的最后几句咒骂中，好像提到了什么“背着无线电”，便下意识地扭头一瞧，还真看到这么个绿色的大铁盒子——锈迹斑斑，充满了原始粗笨的“旧时代气息”，乍一看还以为是竖着天线的小号冰箱。不知道是不是模拟机能还不够真实，夜雨居然一直没发觉自己背了一台如此笨重而显眼的古怪设备。

“什么啊，这是？”

在把它卸下的时候，一个夹在皮带扣内侧的小记事本落在了脚边，它做工异常奢美，封面是最近才流行起来的卡通美少女露卡的撩人海报——这显然与眼前“世界”的写实与血腥格格不入。夜雨狐疑地将其拾起，随意地翻了翻，发现里面全是白页……等等，第一页好像有几行手写体的文字：

“端木同学，我注视着你的一举一动，但请原谅，出于安全考虑，我只能用这种方式同你交流，请翻到下一页……”

夜雨赶忙照做，果然第二页又出现了几行新留言：

“你背的这个老式无线电台，就是我托付给你测试的外挂，我没有办法将它伪装得更加隐蔽，所以辛苦你了，请务必随身携带，具体的启动方法，请翻到下一页……”

外挂？夜雨斜了眼面前的大铁盒子——将非法程序“具象化”地隐藏在游戏中算是比较常见的做法，但通常都是手表啊领带之类不易察觉的小物件，像这种体积的巨型外挂……已经不是“毁天灭地”能够形容了，启动一次恐怕“世界异常率”会直接破表，整个游戏都要崩溃也说不定……

这样一想，不可言说的“犯罪快感”让夜雨突然还有点小兴奋。

按照记事本“第三页”上的指示，他将铁盒子小心地摆正，将旋钮调到特定的频率，戴上耳机，重复两次深呼吸之后，祈祷般虔诚地拨下了电源开关。

起先是一片刺耳的电噪音，听起来还真有点无线电通讯的感觉，随后……随后仍是一片刺耳的电噪音，整整十秒钟过去，别无他物。

“怎么搞的，全是杂音？”调试了几个频道之后，夜雨苦笑着摘下耳机：“这玩儿果然不是用来通讯的啊……”

那么……这外挂就算是启动了吗？好像什么也没有发生啊？自己好像也没变超人嘛……

狐疑之中，夜雨习惯性地瞟了一眼代码——

“世界异常率：19.75%”。

# 塔莉，B，爱丽丝的猎犬

“还是没法与深空舰队取得联系？！”塔莉焦急地问道，“所有频道都试过了？”

“没、没用啊……”兰兰的声音几乎都带着哭腔了，“咱！每个频道咱都试过了啦！全是杂音！”

“别哭！淡定！小场面！这老娘见得多了。”

两人被困在哨兵面前已经有好几分钟了，从它那盯着这边的血眼中看不出任何情感，但在其之下、正缓缓旋转着的线圈说明电磁炮已经预热——那可是45兆焦耳的大家伙，打谁谁怀孕。

毫无疑问，塔莉从没有见过这种“小场面”，之所以非要打肿脸充胖子，除了身为“姐”的尊严以外，更关键的是要稳住兰兰——她毕竟只有两岁大，开着一部高机动宇宙战用“八爪”，万一情况不妙，还得指望她带上自己跑路呢。

“等等，让我想想……”塔莉整理了一下思路，“我们现在位于梦想壁垒的最终警戒线内，再加上敌意反应，按照标准程序，长程通信频道应该被锁死了，所以才会联系不上。”

“这样的话，那，塔莉姐——”八爪用一条触手比了比身后，

“伊卡洛斯上面有一条激光媒介的直连通信线路，退回去的话……”

在哨兵的炮口之下，这样做的后果不难想象——塔莉觉得此时此刻最安全的对策，是继续等待并相信爱丽丝的“判断”，也许这只是一次小小的电力故障？也许只是某个二货程序员出了差错？

“还是算了，别逆着标准程序乱搞——”塔莉摩挲着八爪的外壳，“我们没做亏心事，再等一会儿说不准就好了。”

话音刚落，面前这部哨兵的大眼忽然一阵狂闪，继而又是几秒的啸叫：

“侦测到强烈敌意反应！判断：重大威胁！种类：二级信息战攻势！执行标准对策程序！代码3，指令：搜索并摧毁！”

“干？！”

塔莉的尖叫在频道中拖了个长音，一半是被哨兵的反应所惊吓，一半是为兰兰迅猛的动作所震慑——八爪在电磁炮射击的瞬间伸出一条触手，拉住塔莉侧向回旋，其余七条各自调整方位进行喷射，滚动着闪开了几乎是亚光速的弹道。

天旋地转的倒错之间，塔莉瞥见了载送他们的伊卡洛斯9号——已经被之前赶过去的两部哨兵打成了渣渣，变成了天女散花般的零件之海，场面十分之销魂。

第四部哨兵丢下了一直抱着的信标，也啸叫着赶来加入围猎，霎时之间，四道白色光烟交错逼来，几乎封住了所有闪避的位置——至少在塔莉看来已经必死无疑！

半秒之后，再睁开双眼，什么也没有发生——她无法理解在刚刚过去的瞬间里兰兰做了些什么，但这个两分钟之前还被她认为是“残次产品”的傻丫头，现在却成了创造奇迹的救世主。

旋转，躲闪，喷射，侧翻，加速，急停，蜷缩，伸张——八爪就像是一只在深海里躲避抹香鲸的大王乌贼，只是比那还要灵动百倍……当然，作为掠食者的“哨兵”也比毫不逊色，至少抹香鲸可不会发射电磁炮。

“兰兰！后面！”塔莉惊恐地叫道，“导弹！”

“没什么大不了！”

每一条触手的尖端都是矢量喷口，每一个喷口的周围都装有视觉传感器和扫描仪——也只有像兰兰这样专门为宇宙而生的合成人才能驾驭如此复杂的装备。在导弹即将命中的前一秒，三只喷口中的尾焰突然收束，散出数道热量堪比工业用切岩激光的射流，火网交织着剐过导弹的战斗部，将其当空引爆。

冲击波的威力比想象中要大得多——所幸还不是核弹头。八爪被摇撼得失去了平衡，像一只被抽打的陀螺般狂翻乱滚，或许是为了确认目标是否被摧毁，两部哨兵一左一右地进入拦截轨道，划着弧线扑来。

“塔莉姐！咱们得反击啊！”

“我同意！反！击反！”塔莉已经被转得分不清头脚，更勿论语言逻辑了，“你什么武器的有？”

“武器？头槌算吗？”

“算！别用我的就行！”

八条触手同时绷紧，像伞骨般在身体周围展开，除去缠着塔莉的触手，还有两条矢量喷口没有响应，这让“八爪”的减速机动比预想中迟钝了一些。左翼的哨兵立即反应过来，一边逆加速一边调整角度准备射击，而与此同时，右翼的哨兵已经兜完了一个巨大的弧圈，从侧后方迅速逼近，却没有任何使用武器的征兆。

“协调的能力好差……”兰兰似乎很有经验的样子，“这些哨兵只是在执行各自的标准护卫程序而已呢。”

“真是好消息！”塔莉哭笑不得，“但知道这个又他妈的有什么用？”

“看咱的——”

八爪巧妙地变换着回旋的轨迹，吸引住正面哨兵的瞄准，却始终能在对方射击前的半秒之内离开火线，同时与迂回到身后的哨兵保持距离，调整角度。最后，当兰兰通过一前一后两条触手上的传感器判断出三者的运行轨道即将位于一条直线上时，她果断停止了动作，而前方的哨兵也毫不犹豫地“抓住”着稍纵即逝的“破绽”，单发点射。

在如此近的距离上，即便提前做好准备算出了弹道，要想闪开一发电磁炮也是相当困难的事情，一条触手被白光拦腰截断——所幸这是“八爪”身上唯一的损失，而在它后方的哨兵就没有如此运气了，炮弹几乎是从血眼中央贯入，巨大的动能将它的前半部撕了个豁口，而后半部则更是直接爆裂成了零件状态。

塔莉刚要叫好，却被触手又连着缠绕了两圈，连手脚都动弹不得。

“接下来！就是‘头槌’啦！”

“你！你疯啦？！”

“击毁友军意味着行动模式遭遇严重错误，按照标准护卫程序——”兰兰一边轰响剩下的全部引擎一边用图文并茂的信息流向塔莉做着解释，“它应该立即返回阵位，与残存友军重新组队，但根据‘绝不背对敌人’的基本原则，它无法全速后撤。”

得益于“新身体”出色的动态视觉，塔莉注意到哨兵确实在使用矢量喷口进行逆加速——这表示它的主引擎完全派不上用场，也就没法拉开距离。

“咱们要顶着三只哨兵组成的中近距离交错防御火网进行突击，所以速度必须要快……”兰兰继续说道，“咱的主脑可以适应机器级的超高加速度，而塔莉姐你呢？”

“这个身体应该没问题，主脑的话……”塔莉有些心虚地道，“15个G？也许16个G？”

“那你只能忍着点啦。”

八爪突然加速，开始了全力冲刺，两发电磁炮左右交叉着擦身而过，打在几毫秒前两人还在的位置上，而正面的那一部哨兵却始终没有开火，只是不断调整着角度进行瞄准，直到接近到大约250米——这几乎已经是电磁炮的射程下限了。

“这是拼刺刀，它知道自己只有开一炮的机会——”兰兰猛地大喊一声，“来了！准备好！”

塔莉从没在如此近的距离看过电磁炮的正面射击——实际上，在任何距离上都没有过。伴随着她撕心裂肺的惨叫，电光几乎是贴着头皮划过，烧焦了半个脑袋的假发。

陀螺般旋转的八爪潜向了哨兵的下方。作为最终的防御手段，后者探出了两门清障用激光炮，一边侧向回旋一边开火，而兰兰果断弃掉了四条触手，挡住激光的路径，在它们被融穿之前，又用两条触手紧紧擒住了哨兵的太阳帆，并顺势而上，像缠绕着树干的藤蔓，很快就抓住了“根”，与这颗小型的武装卫星几乎融为一体。

“好啦，这是标准护卫程序的漏洞——”兰兰在频道里长出了一口气，“那两部哨兵暂时是傻的了，不会攻击咱们。”

“这招简直酷炫！”塔莉好不容易才缓过神来，“你他妈的都是在哪儿学来的？！”

“说了是出生自带技能嘛……”兰兰嗲声嗲气地笑道，“咱可是命中注定要做王牌驾驶员的女人。”

“干！”塔莉用力啐了一口，“为什么你生下来就会打太空战，而我的出生自带技能是缝纫和厨艺？！”

“所以塔莉姐你才能找到如意郎君啊，还生了个孩子呢。”

“如意个毛线啊，这些A种人在乎的只有漂亮的脸蛋和窈窕的身材而已，我们B种人最不缺这个……”塔莉顿了顿，“另外孩子的抚养权限也不在我，只是那颗卵子碰巧用了我的子宫而已。”

“但是爱丽丝说过，与A种人相爱并为他们生育后代是每一个合成人的义务，这样可以促进人类物种的进化，也能体现自己身为女性的价值……”

“什么女性价值啊，只是因为储存卵子比储存精子要简单，而且女人看起来更无害……等等，我干吗要跟你这两岁的小朋友谈这些——”塔莉摇了摇头，“明明还有两部哨兵没解决吧？”

“咱的机动性能基本上已经完蛋了，肯定打不赢它们了呢……”

“如果硬拼不行的话……”塔莉调阅出记忆片段，努力回想着关于标准防卫程序的训练，“那就想办法靠近‘梦想壁垒’！绕着打转就行，那些机械脑子绝对不敢朝爱丽丝开枪！”

触手的尖端瞄了一眼后方的巨型空间站。

“这个距离飞过去的话……”兰兰有些犹豫，“肯定会被交叉火网打成渣渣的吧……”

“你能撬开这部哨兵的外壳吗？我可以搞定控制模组，没有爱丽丝直辖的话，最多十分钟就成。”

兰兰没有回答，而是直接用触手掀开了哨兵身体中央的一块装甲，露出了电路板。

“无论你要做什么，塔莉姐，千万不要弄坏了敌我识别系统！”

“尽管放心——”塔莉将手伸向缺口，几条细小的花蕊状电子触角从指间探出，游上了电路板，“姐姐我可是靠这个吃饭的专业人员！”

# 吴克，C，数码警探

“我、我们需要专业人员啊！前辈！”通讯频道里传来了夏尔的呼号——带着明显的怯意，“那小子可是个杀人犯！有枪！我们应该等特刑警来，让他们处理这事！”

吴克并不想解释自己毕业时就去参加了特警队的训练——而且还是因为“太勇敢”或者准确地说是“过于鲁莽”而被除名，只是有些不耐烦地反问道：

“特刑警啥时到？”

“呃……最多十分钟……吧？”

“那犯人早他奶奶地跑没影了！”吴克咬牙切齿，“你也看到了！5楼啊！它直接就跳下去了！”

在追随着那小胖子一并跳楼之后，吴克才真正意识到“五楼”的概念，即便两条假腿上都安装了减震器，落地瞬间的冲击力还是让他整个儿小腹一阵抽搐。

起码也是C种人——和自己一样，双腿经过了机械化改装，能跑能跳，飞起一脚也许可以踢飞电摩托……还有可能是高拟真型的机器人——考虑到这是违反“最高权限”的大逆之罪，出现的概率应该比较低才对。

但保险起见，吴克还是一边暗骂着“整不死你个小样”一边给自己的 H G9B 装上了穿甲弹，然后看了一眼戴在机械臂上的腕表——

6 点 15 分，地点是太平路，新南京城内最大的露天集市。

“大巴扎”——不知从何时开始，人们开始用这个阿拉伯语来描述此地。从残存的历史资料来看，还真是个贴切的绰号。

大量的帆布篷散在道路两旁，将爱丽丝规划好的单行线直接塞成了步行街，更远些的广场更是已经被小摊贩围得水泄不通，熙熙攘攘的路人无论高矮胖瘦、富贵贫贱、绫罗布衣，全都挤在狭小的空间中，对着琳琅满目的手工制品和廉价小件指指戳戳，讨价还价。

“大隐于市”，恐怕是此刻吴克能想到的最恰当形容——那小胖跳到大街之后想都没想便一头冲向人口最密集的方向，不得不说他还有点反侦查常识呢。

不过，吴克知道还有那么句话叫作“聪明反被聪明误”——经过机械化改造的 C 种人是可以飞檐走壁、日行千里，但到了拥挤的人群中间就像是开进沼泽的重型坦克了。就算他完全不顾及百姓伤亡，机动性能也会受到绝大限制，万一人民群众里也有同样经过改造的好汉出来见义勇为，那还指不定谁伤亡谁呢。

“他混在‘大巴扎’里了，你能搞定所有出入口的监控摄像吗？”

“哦哦，这个太容易！”夏尔的声音终于激昂了一些：“我们有数码警察的权限，一点技术含量都不用就……”

“俺说的‘搞定’，是帮俺仔细看着！”吴克用手别开一个正在挑选项链的大妈，“俺已经把影像提取出来了，你用面部识别盯好就行。”

大巴扎的内部没有摄像头。广场中央本来是一座“征服者爱丽丝”的铜雕——还是抽象派的那种，人们一直以为那里面藏着什么用来镇压暴乱的“秘密武器”，但身为警察的吴克知道，里面除了只属于机器的诡异审美情趣之外，一无所有。

电子眼可以显示出脚印的光谱，一开始靠这个追踪那小胖并无问题，可混进人群之后，鞋印变得愈发浑浊，吴克只好琢磨一些更富有想象力的办法。

调取遥感卫星航拍的全程影像？对权限要求太高，而且也不一定就有正好在新南京上方经过的卫星……用“乙太”进行拉网式搜索？这个方案的权限倒不是问题，问题是有把纳米集群全运过来的时间，还不如坐等着特刑警来破案呢……

大巴扎，大巴扎……整个区域的地图在吴克的脑海中从上到下、从里到外地走了一遍，最终停在了“地下管线”的部分上——

为了给大巴扎的摊贩们进行无线供电，广场的地下铺设有一层低功率的磁导阵列。小胖穿着磁屏蔽衣，在供电区中会形成一个不大但形态易辨的盲区，只需要来一次全方位的强制送电，这个盲区就会十分明显。

吴克挠了挠自己的光头，一边在人群中蹒跚而行，一边顺着这个思路考虑下去——强制送电和供电检测的权限并不高，但都在自治政府的名下，按照常规途径来申请，需要通过好几道令人心塞的手续——而吴克最不擅长的，就是与官僚打交道。只有在这种时刻，他才会真正想起自己原来是一名资深数码警察，接受过最尖端的全套黑客训练，黑道白道，双管齐下，要搞定供电局的“权限”根本不费吹灰之力。

但出乎意料的是，不知为什么，标准防卫程序在大约十分钟前提高了信息战防御等级，这让他花了一点功夫才搞定广场的电网。

“前辈！特刑警说他们已经整备出发！”频道里传来了夏尔的叫喊，“正问我们还有什么需要汇报的？”

“一毛钱也没有！你给我盯紧监控！听到没？！”

最后两个字出口的时候，超频供电也在同时启动，周围所有正在播着广告和网络神曲的喇叭都因此而尖啸了几秒，几位顾客还急忙取下了挂在耳畔的数据机，一脸错愕地翻看着。

电磁屏蔽形成的盲区在吴克的电子眼前显露无遗——竟然还不止一个，看来爱丽丝在给人类开放了隐私权之后，很多急性子已经迫不及待地要试一试了。

大部分盲区都很小，应该是手提包之类的东西，最可疑的那个也不成人形，而是堆积着的一小团，就像是——

“奶奶的！他把外套给脱了！”

在一家章鱼烧摊位的后边，吴克找到了那件米黄色的磁屏蔽衣和一双崭新的运动鞋。

“脱了？那他现在在哪儿？”

吴克都不敢相信这蠢问题是出自一个警察之口。

“问得真好，俺要是知道他在哪儿就……等等，这是啥？”

翻动磁屏蔽衣的时候，一小片肉色的软皮“吧唧”摔在了地上，嗅到了一丝“大功”气息的吴克，不禁激动得双眼放光——这是一只人头形“皮套”，拟真度非常之高。不只是模样，连肌肤的手感也与人类无异。

“呼！看看俺们找到了啥？”吴克抖了抖手中的“人头”，“一位戴着假脸到处跑的 C 种人？一头扯上贩毒罪的 B 种狗？还是说……一个高拟真度的仿生机器人？”

“天！”夏尔的嗓音颤得厉害，“哪个都不好惹的样子！我们应该报警啊！”

“你他奶奶的不就是警察？！”吴克怒道，“赶紧取消监控摄像的面部识别给俺节省点流量费……”他捻了捻下巴上的胡楂，略作思索，“再怎么换脸，身高和肩宽也不好变，再加上臂展，就以此为依据对之前五分钟所有进出的人群进行大数据搜索。”

“这、这起码得有好几百人，再加上误差值……”

“加上两个筛选条件——”吴克带着手势的自言自语引起了旁人的侧目。“第一，不关注店铺也不停步；第二，形迹可疑，东张西望……话说，你是怎么从警校毕业的？给点基本的侦破常识好吗？比如犯罪的要素啊，动机的形成啊……动机的……”

吴克突然愣在原地，完全无视了在身边挤来挤去的游人和夏尔在数据机里念叨的“正在同步搜索条件，预计运行时间 1 分 15 秒。”

一直在嫌弃新人没有侦破常识，自己何尝不是同样热血上脑，以至于忽略了最简单的线索——

好好想想，吴克，这案子的动机会是啥？

凶手——无论他是什么牛鬼蛇神，只和巴蒂见过两面，第二面就说了三句话便拔枪相向，所以“动机”的出现只可能在“第一次”见面中。

“是毒品——”吴克咬了咬牙，“那些‘猩红尘埃‘……”

“前辈！”夏尔激动的叫喊打断了他的思绪，“对比了 139 个样本，经过筛选有 13 个符合条件的嫌疑人，但是……”

“但是啥？”吴克皱了皱眉，“别磨叽。”

夏尔的回话铿锵有力：“但是我用权限调了一下档案，13 个人中只有一个人在新南京城没有任何身份记录——是个黑户！”

说话的同时，监控摄影的画面投射在吴克的电子眼前，用红圈标记出的短发女子，穿着紧身的T恤和短裙，面无表情地在人群中穿梭，只是偶尔回头瞥了眼身后，肩上挂着的挎包，大小正好能容得下一把手枪。

“可以啊小子！你瞧你用心起来不是还挺像样的吗？”

“她已经出了大巴扎，正在沿山西路向南直行，就要到旧歌剧院遗址了。”

“很好，继续盯着，特刑警问起来，帮俺拖一会儿……”吴克将夏尔送来的影像与城市地图链接在了一起，“还有个事儿，小子，我叫你用警车上的设备先检查一下那瓶毒品，你做了吗？”

“呃？我、我马上就办！”

当着几名路人的面，吴克从腰间拔出HG9B，低头检查了一下弹仓，下意识地，他瞄了一眼枪把儿上的“权限指示器”。

“俺日？！”

吴克脸上现出了和围观群众一样的错愕——上一次遇到这种嘴唇打战的恐惧感，好像还是好几十年前、奶奶给自己讲床前故事的时候：

“权限全开了？闹呢？！”

# 塔莉，B，爱丽丝的猎犬

“哨兵”武器模组的破解花了不少时间——若不是塔莉拥有电子设备维修权限，可能还要再长些。

“武器的使用权限是‘全开’……”塔莉苦笑着摇摇头，“它要是有核弹，一定也已经毫不犹豫地丢我们头上了。”

“武器权限全开……怎、怎么会呢?！”兰兰惊得又开始情绪不稳了，“咱们、咱们明明什么坏事也没有做啊?！”

在延展了数米之后，塔莉指尖的电子触角终于摸索到了控制模组所在的电路板，她注意到这部哨兵的中央处理器非常落后，根本就达不到 ADSF 所属“哨兵”的平均水平，用“AI”来形容它简直是对“无机文明”的侮辱，也难怪会在刚才的战斗中被兰兰一边倒地碾压了……这也许是爱丽丝的刻意而为，毕竟守护像“梦境壁垒”这样的爱丽丝分身，并不需要多高的智慧，懂得执行标准程序也就足够了。

“刚、刚才它们说过的吧！好像！”兰兰依然在恐惧地碎碎念着，“说什么遭到了‘重大威胁’什么‘二级信息战’的……到底是怎么回事啊塔莉姐?！你不是专家吗?！”

“闭嘴！现在安静点！姐这儿正‘发功’呢！”

根据以往的经验，破解控制模组确实得要使上吃奶的劲儿，但长期“修电脑”的经验让塔莉掌握了不少“歪门邪道”，比如臭名昭著、为职业黑客所不齿的“物理踢门大法”——在用触角破坏了数个焊点之后，连着电子防御系统一起，整个中央处理器的运算能力都下降到了阿米巴原虫的水平。

“搞定，这‘哨兵’是我的啦！”塔莉脸上的得意只维持了两秒钟，“……干！竟然有八个姿态喷嘴？！这要怎么操作？”

“塔莉姐，这个咱可以帮你，只要把控制模组的接口……”

“死开！”一向要面子的塔莉恼羞成怒，“真当老娘不懂航空技术吗？”

在塔莉拙劣的控制之下，哨兵晃晃悠悠地转过身来，用别扭而缓慢的姿态朝“梦想壁垒”平移过去，而在左右警戒的另外两部哨兵也紧紧跟随，不时地上下游移，一对闪闪烁烁的红眼照得人格外烦躁。

“妈的，晃得可真闹心，”塔莉骂道，“要不是看在爱丽丝的面子上，分分钟就把它们都给爆了！”

随着“梦想壁垒”的距离越来越近，这巨型造物在视野中所占据的面积也越来越大，它的规模远超一般的卫星，与大部分近地轨道空间站比起来都毫不逊色。虽然也曾经来维护过几次，但以塔莉的权限，所能接触的也只有十分之一的区域而已，大部分都隐藏在名为“最高机密”的权限之下，是否真有人亲见过都不好说。

哨兵开始笨拙地减速，由于对姿态喷嘴的不熟悉，卫星在空中又转了个 270 度，身后的两部哨兵为了避开炮口，也随之而调整方位，但始终保持着大约 1500 米的距离不变。

“慢点！再慢点！塔莉姐！”

“别吵！我知道——”

嘴上不愿承认，但哨兵的操作确实稚嫩到惨不忍睹的地步。为了全力急停，塔莉打开了系统中每一个标着“减速”的选项，卫星屁股后面也因此喷出一张巨大的减速网——当然在真空中，这除了遮住两人后方的视野以外没能发挥任何其他作用。

即便如此，哨兵最终还是撞上了一块太阳能板，冲击将它整个儿打散了架，一片一片的电池四散飞溅，像是漫天飘舞的雪花，然后是支撑电池的长杆——本应该是钛合金的，现在看来一定是偷工减料，简直和塑料的质量差不多。

“你！你！你正在破坏爱丽丝的资产！”兰兰惊恐地尖叫着，“这是大逆之罪啊！”

事实上，塔莉在为爱丽丝修电脑的时候，没少搞砸过，“破坏”和“大罪”什么的，对她来说压根儿就不是吓唬人的词汇了。

“那也不是你的罪！给我安静！”

塔莉小心地调整着体位，用手脚上的小型推进器缓缓游动，“啪”地一用力摔上了的“梦想壁垒”的外壳。

这动静让后面两部哨兵相当不安，就像急于保护蚁后的兵蚁一般在频道里啸叫着，迫近上来，八爪赶忙擒住塔莉的腰，一并埋身藏进由通讯天线与太阳能板组成的复合阵列之中，哨兵自然是投鼠忌器，只能茫然地打着转儿。

“我收到‘梦想壁垒’的内部准入信号了——”塔莉将脸紧紧贴住黑色的金属外壁——虽然她明知道这样并不能让自己“听”得更清楚，“我再试一次身份通报，成功的话这两头大苍蝇就能有多远滚多远了。”

爱丽丝的“内部准入信号”是一串不断变化的机器码，在同等容量的前提下，它是这个世界上加密等级最高的一小段信息，且不说普通人类无法解读，即便是能够读懂机器码的黑客要破解起来也绝非易事，更不用说必须要靠近爱丽丝才能截取到信号——光这一点就足以排除大部分人的幻想了。

而塔莉的主脑中搭载了可以与准入信号契合的密钥，无须任何复杂的动作，只是简单地“验证”之后便可以叩开那坚不可摧的大门。

“塔莉，爱丽丝的猎犬，主脑序号 G3A330509F。”“欢迎回家，G3A330509F，为了爱丽丝。”——如此标准、重复过无数次的对话，这一次却没有发生，取而代之的却是遍布周身的痉挛。

“干？”

毒品生效了？偏偏在这个时候？怎么可能？随着残余的“猩红尘埃”从身体各处一拥而上，这简单而又不可理喻的三个问题在脑海中稍纵即逝，塔莉像是被人从背后打了一闷棍似的，只觉得眼前一黑，四肢瘫软着撒手飘去。

“塔莉？塔莉姐！”

兰兰的哭喊是频道里最后的声音，而在塔莉丧失意识前所能感知到的最后信息，是从“梦想壁垒”中发出来的一段机器码：

“……警告！核心单位遭到非标准登入，将全系统信息战等级提升至最高！”

# 吴克，C，数码警探

烟瘾上来的时候，还真有些招架不住。

眼前发黑，飘飘然地就好像要晕倒一样——这当然不是正常的尼古丁戒断症状，在还未接受改造之前，吴克曾服过几个星期老中医配的戒烟药，效果是起来了，可疗程尚未结束，自己就在任务中身负重伤，几番手术后变成了大幅机械化的C种人——算是保住了小命儿，但被纳米机器人重建的半个脑子显然是出了点问题，除了失眠与偏头疼，烟瘾的全面反攻也让他完全无力抵抗。

只是，不要是现在……现在，他必须集中精神，低调机警——虽然吴克从来就不擅长盯梢这活儿，但却意外地很喜欢，并总能从这种暗中紧追猎物的刺激中寻得快意。

“前辈！总部的电话！”聚精会神的时候，又是夏尔那娘娘腔的尖叫打破了沉思，“非常紧急！”

“你好歹也是正式探员！帮俺对付一下！就说在办大事呢！”

“办大事”——没错，那个突然就“变成”窈窕淑女的“死胖子”，一定是在“回巢”的路上，以吴克从警至今的经验和直觉，他对幕后黑手的期待已经飙到了极限。

女人像是察觉到了什么，戛然停步，左顾右盼了几秒之后，加快速度小跑过一个街角。吴克不假思索，赶忙跟上，大片熟悉的景物随之在眼前展开——灰黑色的断壁残垣，沿着海岸线一字排开，就像是古典时代的神庙遗址，与周围晶莹剔透、在夕阳下闪闪发光的高楼广厦形成鲜明对比。

“俺到旧歌剧院了……”吴克将视线保持在女人的背影上，并用电子眼打上了一个标记，“把这一带的地图传给俺，详细点，包括地下管线的。”

“等会儿前辈，我正在与长官阁下谈话呢！”

吴克关上通讯，咬牙切齿地暗骂一句：“马屁拍得不错啊小子……”

遗址的原名叫作悉尼歌剧院，每次吴克看见它的时候，都会想起在高中教历史课的那个肥妈——声色俱厉，展示着“旧世界”的地图与照片，一遍遍地提醒着她的学生们旧人类是如何自取灭亡，而爱丽丝又是如何信守诺言、重建了一个秩序与安全的新世界。

爱丽丝抹除了绝大多数旧人类存在过的痕迹，从几千年前的金字塔和长城到文艺复兴时期的城堡和剧院，从高楼广厦到海港灯塔，几乎没有留下任何成形的东西——至少在“新人类”生活的视野中没有。

但在每一座重建的城市中，都存在着一个类似“悉尼歌剧院”这样的旧世地标，爱丽丝将其小心地保护起来，给予了最高级别的权限保护。一开始吴克觉得那是在耀武扬威，时刻提醒人类“征服者爱丽丝”的尊名；但是在数十年的警察生涯之后，吴克终于明白，爱丽丝根本就不在意人类对它的态度。留下这些地标，是为了证明过去的历史真的“存在过”，而非一台控制了整个已知世界的超级人工智能的信口雌黄。

走到遗迹入口前的时候，女人有意放慢了脚步，在吴克愣神的间隙，毫无征兆地全力加速，一头钻进了身旁的小巷。

“奶奶的！”

吴克连忙将军用级机械腿的功率调至最大，在路人厌恶的注目下飞跃疾奔，三五步就来到了巷口，用力甩出已经权限全开的HG9B。

巷子里没有灯，斜阳无法将其全部照亮，视野可及的地方也看不到女人的踪影，就算用上了夜视仪也一样。打开光谱扫描，脚印一直延伸到几十米外的深处，一个中型垃圾箱的旁边。

“好嘛……”

吴克心中一阵狂喜——那八成是什么秘密通道的入口吧？眼瞅着就是要揭开一个贩毒窝点的节奏了啊！

立功的渴望一时占据了他的整个思维，在短短的两三秒内，将理性驱赶到了九霄云外。当他打开垃圾箱发现里面真的只有垃圾的瞬间，才恍然意识到了自己的轻敌——

女人从十几米高的上方猛然跃下，即便成功地用左臂完成格挡，那压上全身重量的单膝叩击还是将吴克打了个趔趄，仰倒在地。

他举枪欲瞄，女人却不躲不闪地迎面而上，在吃了一发穿腹而过的破甲弹后，骑在了吴克胸口，又面无表情地用左右手刀向他的脖颈斩来。

“想削死俺？啊？”

吴克敏捷地扔掉手枪，与对方四臂角力，前五秒钟的僵持让他明白这“女人”的双臂也是钢筋铁骨，而五秒之后，他又确信那只是“民用级别”的机械臂，与自己“军用级”的爆发力完全不在一个档次上。

“来啊！尝尝俺的麒麟臂！”

凶猛的上勾拳打中女人的下巴——如果是普通人类，这一击应该已经卸下了脑袋，但女人却只是用一个后空翻跳离吴克的身体，拉开距离，在三米之外稳稳站定——手里还顺带拿住了本属于吴克的 HG9B。

“这么说，你果然是个机器人咯……”看着她已经歪烂的半张脸，想想她坐在自己身上时的沉重，吴克自然有了判断，“制造高仿真度的机器人是爱丽丝钦定的大逆之罪，要灭门的！你不会不知道吧？”

女人摆了摆头，将破损的下巴甩在地上，继而举起 HG9B，仔细瞄准之后扣下扳机——

砰！

“傻了吧？”吴克嘲弄着，低头将一支未点燃的香烟叼在嘴上，“就凭你这小样儿也想用大爷的枪？”

H9GB 不只是单纯的“没有打响”，它射出了一颗特制的大号低速子弹，在枪口前不到半米的位置突然爆裂，朝反方向打出了无数细小的钢珠。这就像是散弹枪的抵近射击，撕碎了“女人”上半身的 T 恤衬衫和伪装皮，露出银灰色的金属外壳。

“如果真的喜欢枪炮——”吴克抬起机械左臂，手指张开，一支枪管从掌心伸出，“那你应该随身带着——”

大口径子弹打穿了那纤细的腰身，让“女人”几乎断成两截。它连看也不看地冲将过来，晃着摇摇欲坠的身子扑向吴克。

“性子还挺烈哈？”

吴克懂得人形机器人的构造——大同小异，他确定自己的这一枪可以将其位于胸部的支撑结构完全瘫痪，在保住自己的同时，也能留下尽量完好的躯壳用来调查或者当成证据。

计划是如此完美，但他还是犯了一个小错……

两分钟后。

吴克用力关上警车的门，接过夏尔递来的消毒毛巾，盖住额头上仍流血不止的伤口。

“前辈，来，先喝口水。”

“是炸药，你懂吗？炸药！”吴克愤愤地说道，“到底得有多丧心病狂才会在人形机器人的胸口装上炸药？得亏俺反应快射得准，不然等它再靠近一点……”他突然话锋一转，咬牙切齿：“对了！还弄坏了老子的百达翡丽！奶奶的！虽然是山寨货就是了……”

“搞自爆说明它的制造者不愿与别人分享它的小秘密——”夏尔笑道，“先喝水，消消气。”

吴克终于接过自己的保温茶杯，刚放上嘴唇又拿了下来，“上头说了什么？有多紧急？”

“标准程序突然将信息战级别提到了最高，还没有通知自治政府……”夏尔耸耸肩，“局长要求所有数码警察紧急待命，随时准备出击。”

“出个头啊，没事儿懂吗？”吴克不屑地摇摇头——虽然他也清楚地明白，将信息战级别提到最高可不是“没事儿”。“既然没有通知自治政府，那就是爱丽丝的自娱自乐，什么时候也轮不到人类去‘出击’啊！”

“但是据说新南京周围的装甲核心和特勤组全部动员起来了，也不知道世界其他地方是不是也……”

“得了，别杞人忧天，俺们是警察，就是天塌下来，也得先办好眼前的案子，懂？”吴克用力点了点警车的方向盘，“我叫你检查毒品的那事儿，你办了吗？”

“呃……有些棘手呢……”夏尔龇牙咧嘴了一番：“是发现了点什么……但我恐怕没有权限继续研究下去了……”

“扯淡，不就是毒品吗？”吴克不耐烦地紧了紧拳头，“俺跟你说了，俺认识缉毒组的老大，你只要……”

“前辈……”夏尔用手轻轻按住吴克的肩膀，神色凝重地顿了几秒才再次开口，“那还真不是毒品。”

# 兰兰，B，爱丽丝的猎犬

“不对啊，不是毒品……”兰兰用触手抱住已经瘫软昏厥的塔莉，“这到底是……怎么了呢？”

兰兰文身、抽烟，必要的时候杀人——并已受训而对此毫无畏惧和悔意，但她明白自己是个好女孩。

好女孩不应该吸毒，她也确实没有吸过，那些怂恿她的同事不时在她面前丑态百出。就在几周前，这些人弄到了“猩红尘埃”，其中两个同性恋人一边磨镜一边嗑药，其他的合成人姐妹则在欢叫着起哄……真是一团糟的回忆。

因此兰兰非常确定，眼下塔莉的症状根本不是毒品上了头。合成人的主脑虽然高度拟真了人脑的化学功能，但却有着近乎强制性的神智保护系统，就算是能让人类嗨到死的毒品也不可能让她们丧失意识。

兰兰一如既往地发呆充愣，手足无措，完全不在意背后还有两部虎视眈眈的哨兵。它们啸叫着上蹿下跳，不时还以极快的角速度绕着“梦想壁垒”转上三圈。

“该怎么办……”兰兰的脑海中重复了三遍这个问题，直到她决定开始祈祷塔莉姐赶紧醒过来的时候，奇迹才当真如愿而至。

“哦……”塔莉睁开了双眼，眨了两下，淡紫色的大眸子在阳光的反射下熠熠生辉，就像是初生的婴儿，在用期待而有些害怕的眼神观察着这个新世界，“我……好像……晕过去了？”

“太好了！塔莉姐！”兰兰激动得简直要喜极而泣，可惜八爪没这个功能，“你、你没事了吧？”

“我……没事。”塔莉的意识似乎还是有些模糊，至少眼神失焦而飘忽，“你呢？”

“没、没什么大不了的啦，但是那两个！”塔莉说着，用触手朝后比了比，“那两个哨兵它们还在后……哎哟？”

触手的探头注视到了这不可思议的画面——两部哨兵全无动力地翻滚着，只是单纯依靠惯性，朝着不同的方向，缓缓飘离。

“这是怎么回事？”兰兰迅速打开之前一直在信息战防御状态下的无线网络，“奇怪？‘梦想壁垒’的防御机制完全解除了……”

“通讯呢？”塔莉点点头问，“能用了吗？”

“不行！”兰兰试了试，“远程频道依然是全部锁死，不过现在……”她用触手观察了一下四周。“咱们可以转移到足够的距离外，反正哨兵也不在，没什么大不了的啦……”

“是你，不是‘咱们’——”塔莉顿了顿，“我要留在这里，设法打开‘梦想壁垒’的入口。”

“为什么？”兰兰不解地问，“你还要干什么啊，塔莉姐？”

“修卫星咯——”塔莉莞尔一笑，就像个天真无邪的妙龄少女，“这是我的工作啊。”

# 吴克，C，数码警探

“纳米机器人？”吴克乐了，“这他奶奶的不正是我们数码警察的工作吗？”

车载电脑的全息投影仪上，一个艳红色的蜘蛛样小虫骚动着六条细腿，像是要原地跳起来一样。

“不是你所知道的‘纳米机器人’，前辈——”夏尔对投影指指戳戳，“看这里，还有这里，都是老型号的特征，至于红色嘛倒好解释，是为了混在‘猩红尘埃’的粉末中……瞧！头尾的设计方式，从来没见过……”他摇摇头，含住手指。“这个东西的技术含量……怎么说呢，还没有到不可理喻的地步，但完全不属于爱丽丝创造的技术体系。我们应该把它送到总部的试验室做进一步解析。”

“闲扯淡！你都已经把它解析出来了，还什么进一步退一步的——”吴克话锋突转，一副语重心长的样子，“好好想一想，小子，你这可是大发现！大功一件啊！先告诉俺你还发现了啥？这东西混在毒品里能怎么着？增强快感吗？”

“对不起，前辈，我对毒品一窍不通，但是……”夏尔略作思索，“但是我可以肯定这东西的作用和‘快感’无关——”他手指轻滑，投影仪将纳米虫的背部结构放大了数倍。“这个部分是微型的信号接收装置，我认为它很有可能是遥控的，至少有人在监视它的一举一动。”

吴克有气无力地笑道：“也就是说这是个收音机？”

“呃……有、有道理……”

“道理个屁！”吴克轻轻扇了一下夏尔的后脑勺，“这东西混在毒品里，那小胖又杀了一个毒贩，这叫什么？这叫‘联系’懂吗？”

“您、您的意思是说……”夏尔试探似地问道，“制造这东西的人……和毒品有仇？”

毒品这种害人东西本来就是通过化学反应来影响大脑和神经，在其中混入纳米机器人的话，自然也就能很容易地伤及使用者的要害，只是……

“只是……一个能制造高拟真度机器人和先进纳米虫的家伙，干吗非要跟瘾君子过不去……”吴克搓着下巴，自言自语似的说道，“当作娱乐活动也不至于啊？敲诈勒索的话，几个小毒虫又能挤出点什么呢？对了……话说，如果当真是被遥控的，肯定有一个或几个能让它起特别反应的信号，用穷举筛选的办法过滤每一个它能接收到的信号源，然后——”

“在做了，前辈。”夏尔的嘴角微微一挑——露出极为不易察觉的得意，“有差不多十分钟了，估计过完所有的波段最多需要半个小时，我们很快就——”

话还未说完，投影仪上的小蜘蛛突然就激动得上蹿下跳了起来，片刻之后，甚至完全改变了形态，像是一颗长满细小尖刺的仙人球。

“这个反应！”夏尔愣了半秒，随即伸手拉出车载电脑的操作界面。“波段很稳定……依然在持续广播……”他飞快地操作着，“已经锁定，正在解析……这、这是‘奥马哈海滩’？”

“奥马哈海滩？”吴克一皱眉，“那是什么鸟地方？哪边的度假村吗？”

他依稀记得在什么地方听过“奥马哈海滩”这五个字，也许是某部老电影的名字？

“不，是‘三千世界’里的一个多人对战型‘世界’，全名叫‘奥马哈海滩 1944 年 D 日’……”夏尔目不转睛地盯着操作界面，“不冷不热的小游戏，口碑倒好像还可以。”

“在游戏里面？通过游戏来给纳米机器人传输信号？”吴克瞪大了眼睛，一副不可置信的样子，“这不二百五吗？”

电子游戏说白了只是一组有限而固定的程序，无论用何种逆天手段进行修改，也不可能做到超出其设定的事情。更何况在由爱丽丝亲手搭建的“三千世界”之中，一切都如精准的水力座钟般往复运行，任何超出常理的性状都会被监督者扼杀在摇篮之中。除非……

“除非，传输信号的其实就是‘三千世界’本身！”吴克猛地打了个激灵，“那什么狗屁海滩只是个幌子，有人通过这游戏渗透进‘三千世界’的某个服务器，然后用它来给纳米机器人下命令！”

“那他一定是非常高端的黑客……不，是顶尖水准！”夏尔一边激烈地操作一边点着头，“且不说能够黑进‘三千世界’的服务器需要什么技术，他还用上了一种数码警察数据库里都没有记录过的特殊算法，有……有无数个假的上传节点，如果不是我们找到了纳米机器人的样本，根本就不可能知道谁是幕后黑手。”

吴克露出一丝惊喜：“也就是说，你现在有办法找到幕后黑手咯？”

“‘我最帅 9527’……”夏尔朝屏幕上跳出来的账户信息打了个响指，与吴克相视一笑，“是的前辈，我能。”

看着屏幕上拿着老式半自动步枪的海军陆战队员，吴克这才突然想了起来，所谓的“奥马哈海滩”，好像是旧人类时代某个很有名的古战场——那应该已经是两个多世纪前的陈年老事了。

# 端木夜雨，A，中学生

这里的奥马哈海滩，永远重复着公元 1944 年 6 月 6 日的那个上午，在无数次的胜利或者失败之中往复轮回，满足人类最狂暴的杀戮快感……以及偶尔的，被杀的快感。

夜雨也算是三千世界的老玩家了，但直到今天才明白这里原来可以把“死亡”演绎得如此真切——飘零的血雨，飞散的断肢，爆裂的火花，甚至能感觉到子弹将身旁战友爆头时那股子热乎乎的冲击力，夜雨的肠胃不禁一阵翻江倒海，总算明白了为什么这个世界的标签上写着“18 岁以下禁止入内”而玩家却又如此之稀少——毕竟大部分喜欢战争游戏的人都只是想要打打枪放放炮，能享受这般“真实”的人还是少数。

“请、请求舰炮支援！你听见了吗？”一个满脸是血的中士摇晃着夜雨的肩膀，“你抱着的那是无线电吧？啊？！快用撒！”

夜雨抱着的其实是自己的膝盖——他蹲坐在一辆 M4 坦克残骸的后方，就像是那种为人所鄙视的“挂机玩家”，啥事也不做，只是对着面前的无线电发射器瑟瑟发抖……要说是在装“弹震症受害者”的话倒是挺入戏。

中士吼了几句，本想爆出脏话，最后还是以“菜鸟”的咒骂来收了尾，怏怏地离去，这也避免了他被“踢人 2.0”直接赶出游戏——实际上夜雨已经打开了外挂的界面，就差弹指一挥了。

世界异常率是 20.25%。在夜雨打开了这个“无线电台”的开关后，这个数值就一直保持着稳定而缓慢地上升，监督者“宙斯”并没有发布任何警告，但暗地里却在一遍遍地扫描着所有玩家的动向。通常遇到这种情况时，夜雨都会选择赶紧溜之大吉——但吊诡的是，明明抱着一只特大号的外挂，“宙斯”却对自己视而不见，这不禁让他再次心生疑窦，上下翻看起面前的铁盒来。

可以肯定的是，它在这个“世界”中没有发挥任何功能，既没有让“我最帅 9524”这个个体大杀四方，也没有修改任何广域代码，从外挂的角度来说，它实在有点不合常理。

卡通封面的记事本上也没有出现新的指令。为了不让自己显得过于特别，夜雨也学着其他人的样子，随手端起自己的 M4 步枪，装模作样地将头探出坦克残骸，也不知在瞄准着什么，只是朝远处吞吐火舌的碉堡随意射击。就在这时，一发不知从哪儿射来的黑枪打在眉心中央，他顿时血溅满面，视野一片殷红。

“卧槽！”吓了一跳的夜雨赶紧缩回脑袋，摘下已经盛满鲜血和脑浆的钢盔，“还好哥开了无敌……这游戏他妹的能玩？！”

又一波士兵从登陆艇上跳下，打头的两个立即被机枪扫倒在地，但还是有五六人穿越了火线，一头扎进离夜雨所在位置不远的炮弹坑，灰头土脸却又满面杀意，好像被枪扫、被炮轰还不够过瘾似的。

玩这游戏都得是现实里多压抑的人啊——哭笑不得的夜雨心想。就在他准备挪动挪动再找个没人注意到的地方时，一个穿过炮火轰鸣的细小声音突然在身后响起：

“你见到过‘我最帅 9527’吗？应该就在这附近的，一个美军士兵，新玩家……”

“不打鬼子就滚粗！”弹坑里的狙击手挥手怒骂，“要交友去玩‘男男物语’！网址我贴给你！别挡我弹道！”

夜雨颤巍巍地再次蹲下，朝那弹坑望去，问完话的士兵点头哈腰，连声赔着不是，匍匐着向后方的反坦克钢锥爬去，还没走到便开口叫嚷：

“这边的美军兄弟们！有谁是叫‘我最帅 9527’的？他妈妈喊他回家吃饭！”

夜雨定睛望去，不敢挪开视线。系统显示这名士兵和自己一样隐藏了姓名，但作为一名“职业外挂测试人员”，想要知晓对方的名字根本不是问题。

“夏夜风铃”——明明是个大男人，却给自己起了个如此文艺而娘炮的ID，夜雨在歪嘴鄙夷之余，突然注意到了他名字周围的金边钻石徽记。

“哟！还是个 9 级 VIP 用户……”夜雨咽了咽喉咙，情不自禁地自语叹道，“也就是在‘三千世界’里预存了 100 万元啊……”

通常这种土豪玩家都是要把名字亮出来炫耀于人的，眼前这位不只低调埋名，而且还在到处寻找着自己的踪影，任何思维正常的人都会觉得这太不正常了。

这时候不能怂，必须跑——夜雨正准备登出这个世界，无线电台竟然发出几声异响。他有些惶恐地抓起耳机，慢慢戴上，里面依然只有电流通过的杂音。夜雨这才想起什么似的抓起脚边的记事本，果然里面多出了一页小字——

“无论如何都不许退出‘三千世界’，否则我就向数码警察告发你。”

“你他妹的逗我?！现在有个人在找我！他——”

总有人说这世上存在着一种普遍的“第六感”，就是无意中看着别人的时候，对方能感觉到这目光而又回望向观者，今天的夜雨可算是对此有了切身的直观体验。那位“夏夜风铃”，在炮火和弹雨中傻愣了几秒，慢慢转过头来，与捧着笔记本怒吼的夜雨四目交投，默默对视。

“我最帅9527……”

“夏夜风铃……”

两人同时念出了对方明明是隐藏起来的账户名，额头轻点，颇有些英雄相惜的味道，但是随即便又同时意识到了一个“不方便明说”的事实——他们俩都没按常理出牌，要么是在“开挂”，要么是使用了数码警察和维护人员才有的“特别权限”。

而这两种人，夜雨都避之不及。

“你先别急，听我说完！”那家伙说着竟然站起身来，完全不顾及在耳边呼啸而过的子弹，踉踉跄跄地踩着沙滩朝这边靠近。

“听我把话说完！”

没有人下指示，也没有谁来提醒，身为一个15岁的中学生，此时此刻的夜雨只能凭借自己在网上混迹这么五六年的短暂经验，做出最本能的判断——

“说你妹！”

他端起沙地上不知是谁人丢下的汤姆森冲锋枪，看也不看地朝来者一阵攒射。完全没有瞄准的子弹，却像是长了眼睛，在空中划着诡异的弧圈扑向目标，将这个猝不及防的“夏夜风铃”打成了漏勺。

“该死……”丝毫没有“得胜”的喜悦，夜雨像是捧着烫手山芋那样用力扔掉手里的冲锋枪，“是数码警察……一定是数码警察……”

他背上了无线电台，正欲起身却又坐下——走？能去哪儿？不退出三千世界，不离开这片虚假而又血腥的奥马哈海滩，又怎么可能躲过数码警察的追缉？但反过来说，如果现在下线跑路，就会被那个要挟自己的疯子举报给数码警察……

怎么做，都是死路一条啊。

他苦笑着拿起记事本，想要看看自己那位“幕后黑手”到底还有什么话要说，没想到还真看到了一句——用歪歪扭扭的笔法，就写在那印着卡通美少女的封面上：

“端木同学，你不该开挂弄死他，现在只剩一个办法了——从座位上起来……”

# 吴克，C，数码警探

“果然开了外挂！个龟儿子话还没说完就把我给弄死了！”

几乎从座位上跳了起来的夏尔，骂骂咧咧地取下数据机，用力摔在警车的仪表盘上。那咬牙切齿的模样还真吓了吴克一跳——不怎么玩游戏的他，很难理解这些年轻人对外挂使用者的愤怒。

“什么个意思？你跟他见上面了？”吴克焦急地问道，“账号是叫那个吗？看清了吗？能查到具体信息不？”

“账号是叫‘我最帅 9527’没错……”夏尔顿了顿，闭眼捏了捏鼻梁，“但也没用，肯定是伪装登陆……估计人也已经跑了吧？都怪我太傻缺……”

吴克并不知道夏尔在三千世界里遭遇了什么——还有点后悔自己没跟着进去，他下意识地斜了一眼投影仪，却发现那刺球还在抽搐着，不时改变形状，甚至探出了好些触手。

“这玩意儿还在欢脱着呢，是要抱住什么吗？”他突然想起自己前两天才搜索过的纳米工程学视频，“等等！不对！这些支脚的形态明显是连接器！这个小虫子是用来组装什么东西的！”

“如果它还在运作……”夏尔犹豫了两秒，立马又将刚刚被自己摔出去的数据机捡回来，用袖子随便擦了一下戴上耳郭。“说不准信号传输还未停止！”

吴克这次不敢怠慢，赶忙抽出脖子后方的数据插头，都来不及解除信息战防御便急吼吼地插进车载电脑的接口。

密密麻麻的白色气泡，在一望无际、蔚蓝色的信息之海上层叠铺展——这便是“三千世界”给人最直观的印象。吴克从年轻时就不太适应这个整合了全球在线娱乐的巨型平台，无数被称为“世界”的子项目在四周五彩缤纷，令人目不暇接，同时也给了他这样的密集恐惧症患者颇大的心理压力。

吴克本能地闭上双眼，在虚拟的汪洋中拉扯住夏尔一并同行，很快便来到了一个非常不起眼、大小只有隔壁“噗哟麻将室”十分之一的“世界”跟前。

“信号源果然还在里面！”此时的夏尔已经换上了“夏夜风铃”的名号，“传输也未中断！”

“好小子，胆儿挺肥啊。”吴克磨了磨牙齿，跃跃欲试，“世界异常率超过 30% 了还不走，俺做数码警察十几年，还没见过这么猖狂的。”

“异常率仍在上升，但‘宙斯’还是没发现是哪边出了差错——”夏尔抬臂拦住他，“这家伙绝不是一般的作弊玩家，就算你困住他甚至销毁他的账号，恐怕都无济于事。”

“哟，还信不过俺咧？”吴克用大拇指朝自己一比，“老子斗黑客也不是一天两天了，自有绝活儿，实在不行直接走权限，给他点个名儿让‘宙斯’封他号。”

“我倒是想到一个更稳妥的办法，前辈——”夏尔睁开双眼，暂时切断了与三千世界的链接，像是避讳着什么一样用更“传统”的方式用嘴对吴克说道："这小子被我发现了身份还不下线，不一定是猖狂得忘乎所以。我估猜他反而是有什么难言之隐，必须保持信号传输不中断。"

"那他这是自寻死路！"吴克睁开了一只眼睛，"给数码警察 10 分钟，别说封你个账号，本人的位置都能给你挖出来了……"他顿了顿，"他说不定人就在新南京……不，应该说是肯定在新南京，八九不离十！"

"所以这才是治标治本的办法！"夏尔打了个响指，"我马上进'世界'近距离跟踪他的账号，只要他不下线，位置一定会越来越精确。"

"然后俺就去把他真人给揪住，很好……"吴克活动了一下双拳，眼带赞许地点点头，"你小子可以啊，刚上班就要立大功了咧！"

"人都还没抓到呢……"夏尔颇不好意思地挠着脑袋微微一笑，"如果我是这位'我最帅 9527'，现在也该坐立不安，怕是要狗急跳墙了。"

## 端木夜雨，A，中学生

有生以来第二次，夜雨像现在这样坐立不安。

上一次还是三年前，妹妹出了意外，以惨不忍睹的猎奇姿态躺在手术室的保护槽中。明明现实如此真切而残酷，一家人却还是焦急地等待着医生的结论，就像是铁证如山的囚犯等待着法官的宣判。

那一次的结果让夜雨刻骨铭心，也让他今天有了相当不好的预感。

奥马哈海滩上的他蜷缩在炮弹坑里，双手颤巍巍地捧着那卡通封面的记事本——上面已经有快半分钟没有显示出文字了，而上一次出现的命令还是“从座位上起来，走出快餐店”这句。

这家伙……竟然知道自己是个“奔跑者”。刚开始夜雨对此还有些咬牙切齿的震惊，但是旋即就又平和下来。毕竟，他连妹妹端木晨风的主脑序列号都报了出来——对于能收集到这种信息的神人，再去讨论他“知道些什么”“怎么会知道”已经没有意义了。

没错，夜雨是个“奔跑者”——能够同时在“三千世界”里游乐并且又在现实中活动的人。这样的人并不很多，而且往往被人所鄙夷。这种“技巧”不仅需要大脑有一点精神分裂似的多线程处理能力，更是被日常行为规范所抵触。据新闻说，每年的交通事故中有十分之一是因“奔跑者”边走边玩而引起——这当然是夸张太多了。

在又纠结了两分钟之后，夜雨咬紧牙关，还是下定决心遵照指示。他用力眨了眨眼，现实与虚拟两个世界在面前一分为二——左边是那战火纷飞、哭爹喊娘的奥马哈海滩，右边是夕阳西下、霓虹乍现的大都会街景。

伴着“谢谢惠顾”的送客词，夜雨一边推门而出，一边将连帽衫的兜帽戴好以遮掩耳畔的数据机。也就在同一时刻，笔记本的空白页上突然现出了一行新字：

“右转，直行 70 米，工商银行门口的垃圾箱盖内侧。”

明明是非常具体的指令，却又让夜雨一时摸不着头脑——啥意思？垃圾箱内侧？这是里面躲了个什么来接头的人，还是说要自己藏进去？难道里面有个通往地下基地的秘密通道？

没有多余的心力去思考这些问题，现在的夜雨，光是设法在两个世界中保持同步活动就已经相当不易了——他走得很慢，两手插在校裤的口袋中，尽量避免与任何行人的目光对上，同时还刻意地回避着每一个可能有监控摄像头的角落。

70 米倒不是什么很长的距离，但对于一个在校的中学生来说，动手去翻垃圾箱就有些引人侧目了。他将后背紧贴上去，若无其事地将右手探进翻盖来回摸索，完全是一副欲盖弥彰的样子。

“呃？！”

还真找到了——一开始只是打火机似的触感，但小心地撕开胶带并取出来之后，夜雨发现这是一部数据机——而且还是 ZM92，三木木公司生产的顶级高端机，光是那流线型的亮金色电镀外壳就给人一种“土豪专用”的华贵感。

虚拟世界的笔记本中，只增加了两个冷硬的大字：

“戴上。”

夜雨半是错愕半是惊惶地犹豫了片刻，继而带着“我做不到啊”的表情苦笑了起来——以“奔跑者”的状态在两个世界中行动本身已经要耗上全部精力，现在还要戴上两只数据机来做自己从未尝试过的“双控”？这不要人命嘛！

夜雨抬头看了看周围，并没有任何一个路人注意到自己的苦涩……还有别的选择吗？当然，就这样丢下数据机然后逃走，惴惴不安地跑回家里装作什么也没有发生，也算是一种选择……可以预料最后的结果就是在某一天——也许就是明天——被数码警察带走喝茶。

这样想来，反正都是被抓，再怎么瞎折腾似乎也不会更糟了不是吗？

所以雨夜毅然决然地将这部崭新的 ZM92 戴上了右耳。在开启电源的那一瞬间，脉冲涌进了已经在高速运转的生物芯片，脑海突然也是一片空白，好在持续的时间极短，还没反应过来便已结束了。

如果只是单纯地戴着，两台数据机倒也不算负担，甚至打个电话也不会有什么问题。只是当来电显示真的亮起的时候，夜雨还是犹豫了一下——对方费了这么大功夫，显然不会只是想要“打个电话”而已。

“喂？你是……”

“知道了我是谁只会让你更加痛苦。”回话的是异常低沉的电子合成音，但也能听出其语气和之前的那个“绅士”完全一样。“出了点意外，现在你必须精确地照我所说去做才有可能逃脱数码警察的追缉。”

“数码警察已经发现我了好吗！逃不掉的！”夜雨叹了口气，他并不需要真的说话就能通过生物芯片来与对方交流，但是这一句他还是喊了出来，“就现在！下线还来得及！”

“继续前进，直行——”而对方好像根本就没有在听，“穿过上海路后立即左转，前往地铁站。”

带着无可奈何的表情，夜雨原地转了一圈，最终还是迈开了步子，但依然重复着“没用的”之类的丧气话。他明白数码警察的手段和本事，也许现在还没法对自己进行精确定位，但始终保持连线，被抓住也只是时间问题而已——而且绝不会很长。

“不要沮丧，自然些——”那电子合成音仿佛看穿了夜雨的心思，“你放心，我扰乱了附近几条街全部的监控系统，数码警察只能靠肉眼找你。”

作为整个南半球最大的都市，新南京的监控体系完全由爱丽丝一手搭建，虽然其使用权限现在是交付给了人类的自治政府，但能够如此轻松地说出“扰乱几条街”还是有些匪夷所思——这已经超乎夜雨的常识了。

“哈，几条街的监控系统？别忽悠人了，你若真是有这么大的本事……”夜雨苦笑着摇摇头，“又干吗非要找我一个中学生来帮你做事？”

“相信我，端木同学……”合成音似乎是干笑了一声，“如果我能找到比你更合适的人，你现在已经在家吃晚饭了。”

听到这句似有无奈的“真情表白”，夜雨竟是一怔，莫名的使命感也油然而生——就跟那些被绑架后反而为罪犯开脱的斯德哥尔摩综合征患者一样。

“好吧，上海路地铁站倒也不远，几分钟的事情……”他咽了咽喉咙，加快了步子，眼神也坚定了些许，“如果你当真搞定了监控系统的话……”

# 吴克，C，数码警探

“放心，吴队，我这儿盯着监控呢，”通讯频道里的夏尔，已经完全是一副胸有成竹的腔调，“他跑不掉了。”

吴克深吸了一口气，最后抬眼看了看这家快餐店——相当普通的门面，既不是什么大品牌连锁，也看不出小清新的文艺范，反倒是有股“城乡接合部自主创业”的廉价味儿。

“你确定是这地儿？”

“定位精准！”夏尔自信爆棚，“现在还在里面连着线呢！”

将袖子理好，又用黑手套藏住机械的部分之后，吴克轻轻推开快餐店的玻璃门，在一声“欢迎光临”之中走到屋角坐下，用电子眼扫过每一个人——从服务员到顾客。

“看着都不像啊？”吴克皱起了眉头，“只有一个大爷戴着数据机，看样子都快 70 岁了吧？”

“就在洗手间旁边的那张桌子，一个系双马尾辫的小丫头，装成听歌的样子……”突然意识到了什么的夏尔，沉默了两三秒钟，“那个，吴队，你……你进店了吗？”

“奶奶的！监控被黑了你还在这边人五人六地给俺瞎指挥！”吴

克一股怒气却又不好在这里发作，只得将牙齿咬的咯咯作响，“你看到的说不定是半年前的录像！”

“呃……嗯……”夏尔支吾了片刻，“还真是大半年前的……”

“说好的精确定位呢？”吴克想要捶桌子，举起的铁拳又缓缓放了下来，“不是说那浑小子还连着线吗？！”

“没错啊？”夏尔满腹狐疑地答道，“就现在，还连在线上，而且那个‘我最帅 9527’的 ID 也还窝在三千世界里。”

等等。吴克猛然明白了过来。他赶忙起身，一边用电子眼四下张望一边不耐烦地朝过来询问的服务员亮出警徽。

果然，他很快就找到了那个应该存在的东西——一支用胶带黏在餐桌下方的数据机，崭新的三木 ZM92，微微发烫，显然仍在工作。将其翻个个儿，一小片仿佛油泥的肉色物体贴在本应套住耳郭的夹槽上。

“模拟登陆，果然是这一手！”吴克攥紧拳头，差点儿将昂贵的 ZM92 捏散架。“黑客的老把戏了，五年前俺就遇到过……”他用力关上数据机的电源，“别想了，人肯定已经下线跑没影儿了……赶紧回局里整理一下记录，帮忙查出系统漏洞也是大功一件……还有，别忘了写报告。”

这个时候的吴克已然放松下来，他撸起袖子看了一下腕表——早就过了下班的时间，自己当然是已经离婚的孤家寡人，但夏尔这样年轻的富二代怎么着也应该有点晚间娱乐活动才对。如此一想，吴克竟也不由得心生歉意了。

“俺先问问店员看有没有线索，顺带买点饮料。你喝什么，奶茶还是汽水？”

夏尔先是默不作声，几秒过去突然爆发起来：“……不对！不是系统漏洞！吴队！他还在线上！信号传输没有中断！”

吴克一怔，看了看手里的ZM92：“那这就是个……干扰源？怎么会？他已经意识到数码警察在对他定位，竟然还不下线？这……”

刹那之间，原本清晰的线索在脑海中天翻地覆，身上数码警察的那部分在这一刻简直就是在哀号——他已经完全无法理解犯罪者的“动机”甚至是“意义”了，尤其是将之前被杀的“毒贩”联系进来之后。而与此同时，身为“斗士”的那部分却因这些越来越不合理的进展而亢奋着，意识到自己碰上的，是恐怕已不能用“大功”来简单形容的奇案。

“可以肯定他人还在玄武区！”夏尔语速惊人地继续说道，“干扰源的算法并不高明，我只要继续追踪这个‘我最帅9527’，他就是用上一百台数据机做干扰也跑不出去的！”

“别大意，这家伙十有八九是个‘奔跑者’——”吴克用拳头点了点餐桌，“他之前在这儿蹲过，发现我们对他定位后就转移了，顺带着留下了一个干扰源……”他顿了顿，眉头一拧，“不，也不能排除他还有同伙的可能性，说不定又是一台能打能跑的机器人。”

“你是说‘奔跑者’？”夏尔话里带笑，“那反而好办了——我在三千世界里不断骚扰，你在现实中步步紧逼，一心二用总有破绽，他坚持不了多久。”

“呵，你这又是哪里来的自信？”说话的时候，吴克已经推门而出，“讲的好像你以前抓过‘奔跑者’一样。”

夏尔的声音先是沉默了几秒，继而更加斩钉截铁地响起：

“因为我就是一个‘奔跑者’。”

# 端木夜雨，A，中学生

以奔跑者的“身份”来躲避数码警察，对夜雨来说还是第一次。

按照外挂小贩的“基本职业素养”，能被数码警察盯上已经是换行转业、金盆洗手的先兆，开着外挂在大街上与警方“赛跑”那简直就是毫无意义的作死行为了。

而且就算是一个熟练的奔跑者，在“奔跑”的过程中也只能得到相当糟糕的游戏体验。越是逼真的虚拟实境，就越是难以和现实生活进行同步，在炮火纷飞、惨叫不断的奥马哈海滩上躲避飞奔的摩托车与暴躁的遛狗大妈已属不易，更要命的还是那些不时被打成碎裂状态的队友们——完全无视未成年人身心健康的凶残画面在眼前此起彼伏，不时伴着未喊完的、诸如“同志们跟我上”之类的嘶哑口号。

“猿猴们！”比如这位扛着巴祖卡的大兵，“你们难道想做一辈子老不死吗?！”

他号叫着跃出壕沟，朝前方的碉堡打出一发火箭弹，旋即被链锯般的机枪弹雨扫成两截，身后两名头脑发热的追随者也是眨眼间就变成了敌方玩家的分数，血还溅了夜雨一脸。

“卧槽！”

为了躲避从天而降的残肢碎肉，夜雨本能地向身侧倒去，等反应过来的时候，发现自己已经扑在了一对手牵手的年轻男女身边，左手正扶着那妙龄姐姐的香肩。

“你干吗呢？”她那竖着分头的男友当场就不高兴了，一把揪住了夜雨的连帽衫，“逗事儿是吧？”

“没没没！”夜雨连忙摇着手点头哈腰，“脚滑了一下，滑了一下。”

正巧，三千世界里的“美军同志们”攻破了眼前的防线，正呼啦啦地在壕沟里游移，扫荡残余的敌方玩家。一个账号名叫“你妹妹不给力啊”的狂暴小子，正端着火焰喷射器，以不知为什么而出奇愤怒的狂热面貌，朝德军碉堡里猛扫，一边还癫笑着大喊：

“烧！烧！烧死你们这些不知廉耻的德棍！”

夜雨用余光瞄了一眼身后正在当街热吻的激情男女，也不禁咬牙切齿，暗暗咒道：

“就是！烧死你们这些不知廉耻的！”

两分钟后，他总算是有惊无险地来到了上海路地铁站。正是下班高峰期的尾声，在地铁通道的入口处，夜雨停下脚步，原地旋转一周，看着周围接踵摩肩的人流问道：

“我到了，现在呢？”

“去站台。”过了好半天，沉默多时的电子合成音终于开口道，“你带了市民卡吗？”

市民卡？十年前爱丽丝向人类移交通勤权限的时候，自治政府确实是免费给每位新南京的居住者办理了一张“市民卡”，在各种公交系统中使用。但每天放学步行回家而又讨厌出远门的夜雨，从来就没把它带在身上过。

当然还有另一种更高端的乘车方式——在一套并不复杂的申请手续之后，A 种人大脑中的生物芯片可以当信用卡来使，别说是坐公交，就是刷辆小轿车都是眨眨眼的事儿。不过作为中学生的夜雨自然是没有这样的权限……即便他真买得起。

“没带……”他无奈地回道，“不过我身上还有点零钱，买票的话——”

“买一张，去中山路站。”合成音顿了顿，“马上上车。”

一开始还担心自己会不会被这怪家伙拐跑到什么犄角旮旯，但中山路不仅是新南京最繁华的地段，而且……就是下一站而已！即便是步行也最多 20 分钟就能走到。

他看着购票屏幕上“上海路站”与“中山路站”之间短短的横线，狐疑了片刻，伸手点了上去……

# 吴克，C，数码警探

“他在上海路地铁站附近！”夏尔的通话异常急迫，“范围已缩小至350米！应该已经能靠肉眼辨认了！”

同样焦急的吴克，几乎是慌乱地四下张望着。

肉眼辨认？谈何容易啊！没有监控系统的辅助，且不说单个人的观察范围极其有限，光是要在闹市区这人头海洋中寻找一个不知面容的“嫌疑犯”就已经是天方夜谭。吴克明知道现在最好的办法就是再耐心等待五分钟、也许三分钟，让夏尔的定位更加精确，但还是遏制不住警察的职业天性，凭着盲目的自信一口气冲下了地铁站。

“他八成是要坐地铁跑路！”吴克在人群中穿梭，简直可以说是漫无目的，“快！起码搞清楚他去的是哪个方向！”

有三条地铁线路在上海路站这里交汇，用“四通八达”来形容并不为过，再算上等车的时间……如果连嫌犯朝哪边跑都没搞清楚就很被动了。

“300米！”夏尔略显激动地喊着“就在地铁站那里面！我确定！”

“确定有毛用！”吴克站在自动售票机前，左顾右盼，反而是哪也不敢走了，“这地铁站上下有四层！300米内起码得有个2000人！”

“280米！再等一会儿就——不好！”夏尔一惊，声音都在颤抖，“他在向北移动！速度很快！应该是已经上车了！”

“北？是二号线！他坐的是二号线！”吴克说着便一跃而起，直接翻过了检票器和安检门，一边朝地铁站的客服高喊“数码警察！执行公务！为了爱丽丝”，一边不管不顾周遭拥挤的客流，直接从扶梯上滑下，来到地下二层——也就是二号线所在的站台。

“给他点压力！快！”吴克单手叉腰，焦虑地看着地铁进站的方向——虽然那里还黑洞洞的什么动静也没有，“用病毒也好权限也好，随便什么！赶紧的！最好让他有点生理反应，能在车上引起点乘客注意什么的！”

“既然前辈你都这么说了……”夏尔的声音突然恶狠狠起来，“那我就不客气了！”

# 端木夜雨，A，中学生

“德、德军反攻啦！”

夜雨被这声嘶力竭的惊呼吓了一个猛子，险些从地铁的座位上跳了起来。他小心地理好兜帽，左右一扫，确定没什么人注意到自己，才闭上眼睛，将全部注意力集中在那战火纷飞的虚拟世界之中。

德军反攻了——几辆夜雨叫不出名儿的灰色战车正朝战壕这边滚滚而来，后面还跟了一群猫着腰的黑衣士兵，虽然无论是拖拉机似的载具还是烧火棍状的步枪，看起来都比现在的武器差了好几个档次，但这一拥而上的气势还真是相当骇人。

夜雨扶紧钢盔缩下头，小心翼翼地问起：“怎么办？要逃走吗？”

“问你自己咯——”电子合成音反问着，好像事不关己，“只要不下线我不会干涉你的行为，你平时是怎么开着外挂躲避监督者的，现在就怎么做好了，你才是这方面的专家。”

夜雨有些赌气地“哼”了一声，旋即瞄了眼代码——世界异常率 25.53%，监督者“宙斯”已经有所警觉，正四下扫描每一个在线玩家。

“那就让你见识一下好了……”暗暗下定决心的夜雨，熟练地加载了两个外挂，这都是久经测试的精品——简明、隐蔽，效果拔群。

游戏中的美军已经撤回壕沟，就地组织起了一道防线。夜雨鬼鬼祟祟，悄悄地打开身旁一个不起眼的弹药箱，从里面摸出一个随处可见的弹夹，插进自己的汤姆森冲锋枪之中。

坦克慢吞吞地进入了射程，不知是谁大喊了一声“开火”，美军齐刷刷地探出头，用乱七八糟的所有兵器朝德军攒射，而对方也毫不犹豫地施以还击。火网之密集令人炫目，爆炸的轰鸣让人战栗，在场的玩家都变成了肾上腺素的奴隶，谁又会注意到一个小小的美军士兵，竟然用冲锋枪就能打穿坦克装甲？更不会发现他还拥有着不死之身，无论子弹击中鼻孔还是眼窝，他都只是应激似的缩了缩身子，毫发无伤。

还真有一个人注意到了。

他穿着美军的制服，却丝毫不在意正势如破竹的德军反击，反而盯着远处的夜雨不放。在确定了目标的账号名是“我最帅 9527”之后，他笑而不语，端起了手里的春田狙击步枪——

“卧槽?！”

这次夜雨是真的从地铁座位上跳了起来，惹得身旁一位白领佳人怒目而视。

我竟然被打死了？开着“无敌”的外挂，竟然被打死了？怎么可能?！

三千世界中的夜雨，又回到了那个已经被美军攻占的滩头，面前跳着硕大的提示信息：“阵亡次数：2”。

地铁里的夜雨则又慢慢坐下，努力寻思着刚才发生了什么事儿，他打开代码，检查着自己被击杀时的数据记录，很快就发现了端倪——子弹被设置了“直死”属性，等于是在游戏代码中强行修改了目标玩家的状态。这可不是即学即用的简单外挂，没有一点黑客的技术功底是绝不可能做到的。

数码警察？夜雨马上就想起了之前遇到的那个 VIP 账号，但是又有什么不对——在游戏中击杀自己对警察来说完全没有意义，就算嫌犯死个 100 万次，该逃的还是能逃掉。若是为了报此前的一“杀”之仇……这又未免太小家子气了，完全不应是警察该有的素质吧？

正这样犹豫的时候，眼前又是一黑，身子又是一抖——可怜的“我最帅 9527”还没来得及挪出半步就又被射杀，阵亡次数眨眼间就跳到了“3”。

“杀千刀的！还跟我铆上了呢！”

夜雨双拳紧握，感觉自己简直是被当街羞辱了一般，他涨红了脸，正准备加载个犀利点的“猛料”，电子合成音的急吼却在耳畔响起：“下车，到对面站台等候，三分钟。”

夜雨猛地睁开双眼，发掘地铁还未完全停稳，但也许是被电音急切的语气所感染，他立即离开座位，赶到门前。

“用我给你的那台 ZM92 数据机登陆‘三千世界’，马上。”

“现在？”夜雨轻轻抚了一下右耳，双目圆瞪，显然是不敢相信对方的命令，“你要我‘双操’？这我真的做不到啊！”

同时用两台数据机登陆三千世界超过了大脑芯片的设计负荷，用模拟器倒是不难实现，但在活人身上那必然是刻骨铭心而又极不舒适的体验——轻则眩晕恶心，翻江倒海；重就直接昏迷，抽搐倒地……这应该是人人都知道的“网络安全常识”才对。

“我当然知道你做不到——”电子合成音回道，“我会完成所有的后台操作，你只需要用我提供的账户登陆三千世界，并保持原先账号不掉线即可。”

地铁停定，厢门展开，夜雨被人流半推半挤地撵上站台，眼前正好就是那写着“中山路站”四个大字的标牌。

“然后呢？”夜雨这下是彻底糊涂了，“为什么要这么做？我不明白……”

合成音没有回答，频道里一片寂静，耳边只剩下人群的喧嚣与地铁站的提示音。

站台对面，一辆车头向南的列车关上了厢门启动发车，与此同时，显示屏上跳出了下一班到来之前的时间——三分钟。这个画面让夜雨立即意识到，自己正在等待的是一辆回头的地铁。他好像猜出了什么但又不确定，想要开口询问却欲言又止，只是默默地打开了 ZM92 上的登录界面，用那早已为自己备好的账号“Zhumin117”进入了三千世界。

刹那间，思维就像被硬生生地劈成了好几截，互相交错而又彼此分立，自成体系而又混沌不堪，夜雨感觉头脑发胀，酸痛难耐，简直连一秒也坚持不下去……而奇怪的是，时间本身在这虚实杂糅的微妙情景下却流逝得飞快，好像还没来得及多眨几下眼，三分钟便已悄然过去，地铁站的提示音又一次在耳边响起，两辆相向而行的列车一前一后，分别在站台两端进场了……

# 吴克，C，数码警探

还不等拉门完全开启，吴克便火急火燎地侧身挤出了车厢。

这里是中山路地铁站的站台——可能是新南京客流量最大的地方，集成式净化器已经开得嗡嗡作响，却依然阻止不了浑浊的空气在人群中口鼻相传，而肺部本来就经过改造且运转一直不是非常理想的吴克，不禁感到一阵胸闷，焦躁的心情更是火上浇油。

“你确定他在这里下的车？”他大口地喘着气，踱步四盼，“现在呢？人在哪儿？”

“就在站台上！错不了！”夏尔斩钉截铁，“误差在 80 米之内！”

80 米……80 米……吴克口中默念着这个距离，疯狂地左右环视，试图用电子眼捕捉到一个足以称得上是“线索”的东西。

“60 米！没有变化！”

人来人往，下车又上车，数不清的人头在面前匆匆而过，即便电子眼可以准确扫描并记录下他们每个人的面容——这已经是不可能完成的任务——比对市民信息也需要花去不少时间，还不一定会有结果。谁也没规定黑客不能是“良民”。

“40 米！他就在你附近了！”

列车的门重又关上，发出轻灵的提示音，在启动前的刹那，吴克最后扫了一眼车厢，恰巧与其中一名穿着白色连帽衫的少年四目交投—由于—只是一晃而过，也就没能看到在几秒钟后，那孩子痛苦跪地的模样。

“算了，不急，先稳住——”吴克定了定神，“你开上警车待命，定位精确到 10 米、不！ 1 米后，俺倒要看看他还能再跑去哪儿?！”

“20 米！马上就好！再有 1 分钟！不！ 30 秒！他就在——”光从这怒吼似的嗓音，就能听出夏尔现在的心情——这毕竟是他警察生涯的第一个“战绩”，而且似乎已经唾手可得：“他！”

整整五秒的沉默，让吴克心头一紧。已经预感到了什么的他，强迫自己这个前辈平声静气地问：

“他怎么了？摘机了？”

摘机，顾名思义就是强行取下数据机，紧急中断三千世界的连接，有的黑客还会在此之上制造假登陆掩护自己脱离网络，这自然是无法破解却又等于是认输的最后绝招。

“他……”夏尔的声音微微颤着，“信号传输没断，他还在三千世界里……但是更换了账号……定位精度归零了，范围……六公里。”

“啥?”吴克也同样被惊得呆若木鸡，“……没有下线再登陆就强行更换了账号？你是说这小子是个、是个——”

“对……”夏尔有气无力地接过话，“他是个‘穿越者’。”

# 端木夜雨，A，中学生

如果是一年前……不，如果是一天前，端木夜雨知道自己有“穿越”的本事，一定会兴奋得手舞足蹈，恨不能让半个地球的人都知道。

但是现在，在一阵仿佛过山车般的眩晕之后，夜雨睁开双眼，发现自己跪在一堆仿佛糨糊般的呕吐物之前，才明白“穿越”的感觉原来是这么回事儿。

周围是地铁乘客们惊恐而错愕的目光，手上是自己尚未消化完毕的午饭，脸上是涕泪横流的窘相——如果这就是穿越的代价，那还真是解释了为什么穿越者会如此之少。能不能承受这种尴尬与痛苦是一回事，愿不愿意拿它当作“手艺”就是另一回事了。

“你失去意识的时间比计算中多了 15.74 秒，我差一点就以为你的生物芯片要烧爆了……”右耳的数据机中传来不合时宜的电子合成音，让夜雨本来就迷糊的思维更是成了一锅粥，“无论如何，端木夜雨，恭喜你，虽然大部分操作都是我在搞定，但怎么说你现在也算是个‘穿越者’了。”

“呵……只希望这是最后一次。”

夜雨晃晃悠悠地试图站起来，一个好心的中年女人走上前，刚要搭手帮忙却被他拒绝了。

“没事没事，我就是吃多了。”

“这当然不是最后一次，你得随时做好准备……”电子音发出耐人寻味的一声叹息，“数码警察不知用什么办法咬住了我的‘尾巴’，一时半会儿还松不了口。”

“喂喂喂！你这也太坑人了吧？”夜雨急得几乎要喊出声来，“我可没答应过要替你擦屁股！”

“对，所以做你答应过的事就行了——在‘三千世界’里尽可能躲避追缉，必要的话，用一切手段将他们缠住，合法的不合法的，总之用你擅长的办法——最擅长的办法。”

“你选中我就是因为这个对吧？”夜雨苦笑着走到车门前，双手摊开拍住玻璃，“就因为我会开挂？嗯？这城里比我会开挂的人多了去了好不好？！”

“现在，下车。”电子音丝毫没有在意他的抱怨，只是如此冷硬地命令道。

夜雨抬起头，看到站台上“上海路站”的标牌，突然有种恍若隔世的错觉……明明好像刚刚从生死线上挣扎着爬了回来，实际上的时间只过去了地铁的一站路程而已。

他依然有些头重脚轻，踉踉跄跄地走出地铁站，穿过马路时还差点儿撞到一对情侣——似乎还就是之前撞到的那对。

“现在呢？”夜雨有气无力地问道，“该去哪儿？”

“听好了，端木同学，”对方似乎听出了他的疲惫，那电子合成音也变得温柔了起来，“最新的屏蔽算法已经介入，我也会尽全力帮你，但依然请你尽可能地避开监督者……相信我，现在我们是一条绳上的蚂蚱，如果他们抓住了你，我也跑不掉。”

“还一条绳？还蚂蚱？”夜雨面红耳赤，挥拳划脚，旁人却无法知道他到底在恼怒着什么，甚至看不到他的嘴巴在动，“你来跳个试试！你来穿越个试试！”

电子音沉默了几秒，又恢复了之前冰冷如雪的语气：

“……深呼吸，我马上帮你恢复‘三千世界’的感官链接，准备好。”

一阵酥麻的电流刺激通遍全身，夜雨的视界再次被截成两段，这次左边是现实，右边是虚幻。他轻轻扶住额头，调整了两三秒钟便适应了过来——虽然身为“穿越者”夜雨还是新手，但作为一个“奔跑者”，他俨然已经是“老油条”了。

这次的世界似乎是一个古典背景的角色扮演游戏，刚登录进入的时候，就跳出了一大堆“新手介绍”和“小提示”，甚至还有系统赠送的、一看就非常弱小的免费装备。

“‘忍者大战骑士团’？”通常夜雨都会对这种非主流廉价游戏的名称笑而不语，并在玩家论坛里默默地给送上一个“差评”。

“监督者代号‘如来’，侵略性和敏感性都是中等——”电子合成音在耳畔低语，“你没问题吧？”

如来——和其他监督者一样，同样是旧时代某个神灵的名字。夜雨努力回忆着与这位“神”交手的经历……似乎没有什么印象，这就说明它应该不是特别“敬业”的类型。

“差强人意吧，我小心便是。”

三千世界的画面逐渐清晰而稳定，夜雨发现自己依然背着那部粗笨的无线电台——甚至连外观都和之前在“奥马哈海滩”时的一模一样，与周遭明显中世纪风情的村舍以及自己好像田园农夫般的装扮形成极为刺眼的反差。两个驾着牛车的老男人从身旁缓慢地经过，目不斜视，只顾着自己说笑——显然是两个仅能执行固定程序的NPC；而后面那位一脸惊愕、不知所措的持弓少女，用不着开挂去查就知道肯定是一位人类玩家。

“你……你这背上的装备从哪儿来的？”她噤若寒蝉地抖了两下，“VIP 用户才送吗？”

“新手礼包，商家做活动时领的……”夜雨随口诌道，“请问最近的主城在哪里？”见对方茫然地缩了缩脑袋，他连忙改口：“就是玩家们聚集的地方，人越多越好。”

“我也是新手哟——”少女笑着，慢条斯理地应道，“要不咱们组个队吧？”

完全没有闲情逸致去做这种事情，夜雨连话都没回便扭头走开。

“不愧是常年与监督者打交道的人……”合成音又响了起来，语气平直，听不出是赞叹还是嘲讽，“一上来就知道要找人多的地方躲。”

夜雨没好气地“哼”了一声，打开了熟悉的代码界面——世界异常率已经超过了 11%，这对于一个好几万人同时在线的世界来说不是个小数目了。也正因为此，他更加有恃无恐，连续加载了好几个类似“全地图扫描”和“视野扩大”这种低功能的外挂，终于找到了玩家聚集的地带——离这儿还有点距离，于是他又果断用上了能够高速移动的“快脚 3.3BETA 测试版”——这时再看世界异常率，已经噌噌地接近了 13%，小数点后面还在不断变化着。

直到这一刻，夜雨对自己背上的东西才总算有了点眉目。他曾经测试过一个被称为“颠鸾倒凤”的山寨外挂，据说是可以在赌博游戏中修改骰数……设计和编程都相当业余，但依然可以绕过监督者的戒备，直接对服务器的基本算法进行干预。当然，与小偷小摸的作弊相比，这种丧心病狂的“开挂”方式简直就相当于是破门抢劫，如鲠在喉的服务器会不断提高“世界异常率”——就和现在的情况一模一样。

“你在折腾基本算法？”夜雨直截了当地问道，“想动三千世界服务器的心思？啊？哥们儿，那可是爱丽丝的资产！你活腻味了啊你！”

“怎么活是我的问题，你只要管好你自己的问题。”合成音顿了顿，“前面的路口上天桥，右转回头，在市民广场找个椅子坐下来。”

市民广场……清晨与白天都是鸽子漫步的清净之地，可一到黄昏时分，仿佛整个新南京城的三教九流都会聚集在此——唱歌剧的票友，跳广场舞的大妈，激情演讲的政客，高举标语的环保青年，以及拉小提琴的艺术家……也许是乞丐，反正在夜雨看来都差不多。

藏身在这喧嚣之中当然会提高警察的搜捕难度，但在这个面部识别系统甚至普及到警犬的巨型都市里，拖延个几分钟又能有什么意义呢？

夜雨疲惫地坐下，“啊”地长叹一声，完全不顾及身旁遛狗的老太太面露鄙夷。太阳已经被高楼所组成的巨墙所遮蔽，只剩下少许昏黄的晕还在飘飘忽忽地挣扎，从钢筋水泥丛林的缝隙间投来最后一丝属于大自然的光明。

“我这就老实说了吧，之前我也做过的……”夜雨抬首一瞥，视线刚好对上电线杆上的监控摄像头，“打服务器的主意什么的……有人写了一些不入流的垃圾外挂，想要修改三千世界的服务器端基本算法……要是成功了，那可不是打打怪练练级的小事情，那是几十亿、几百亿的收益……”

他就像表演哑剧的龙套，紧闭着嘴巴，双手却蝴蝶般地上下翻飞——这显然让长椅另一边的老太太更加不满，连她的杜宾都开始叫唤了。

与本尊滑稽的坐姿相反，此时在三千世界里，夜雨所扮演的小忍者正潇洒地大步流星，像传奇故事中的大师那样在树梢之间跳来窜去，专挑那些甚至不允许踏足的区域，以此尽量规避玩家的注目。

“注意不要移动得太快，”电子合成音突然打断夜雨的絮叨，“不想再穿越的话，就不要引起监督者的注意！听见了没有？”

“但是结果是一分钱都赚不到，它们全部失败了。”夜雨摇摇头，答非所问，“知道为什么吗哥们儿？因为‘三千世界’的每一台服务器都在爱丽丝手上，到了万不得已的时候，它可以直接关闭那个被修改过基本算法的‘世界’……你也许真的很厉害，但你赢不了爱丽丝的……没有人能。”

“这次不同了，相信我……”合成音意味深长地哼笑了一声，“这一台服务器，它关不掉。”

“别吹牛了你，地球上怎么可能有爱丽丝关不掉的服——”夜雨刚准备揶揄一下这家伙的不自量力，却突然打了个激灵，与最基本的常识同时涌入脑海的，还有混杂着一丝敬佩的恐惧。“……除非，你……”

“三千世界”的服务器阵列几乎全都属于“爱丽丝的资产”，但有一台却可以被认为是“爱丽丝”本尊——那被称为“梦想壁垒”的根服务器……而地球人都知道，爱丽丝是无法被关闭的——连它自己都没有这个神圣权限。

想到这里，夜雨本能地抬头仰望，那墨色的苍穹之上，并没有‘梦想壁垒’的影子，却也已经出现了点点星光。

# 兰兰，B，爱丽丝的猎犬

伊卡洛斯9号的残骸散布在上千——如果不是上万平方公里的广袤宇域之中，在阳光的掩映下闪闪发光，其中一些已经被无可抗拒的地心引力所拉扯，化为大气层上的片片火羽——就像是扑向地球的流星。

在试图联系ADSF总部的同时，兰兰下意识地搜索着可能有用的零件，令她大吃一惊的是，在被电磁炮直接命中之后，伊卡洛斯9号的敌我识别模块竟然还在不远处工作——如同跳着华尔兹的肥女人，一边甩动两条粗壮的缆线，一边用诡异的造型缓缓旋转。

兰兰花了一点时间才将它擒住——有了这个东西的帮助，已经将信息战级别提到最高的通讯频道就形同不设防了。

就在兰兰犹豫是否还会用到信标以及信标到底死哪儿去了的时候，ADSF通讯频道那特有的提示音就响了起来。

“为了爱丽丝。”

打招呼的方式也是如此标准而充满着“身为成功人士”的傲慢，显然这来自于一个真正的人类——A种B种C种无所谓，但肯定和兰兰一样，对现在从事的这份脱离引力、在无垠空间中游弋的工作十分得意。

几秒钟之后传来的图像证明了兰兰的直觉。那是一个留着茶色短发的高个儿中年男人，身材挺拔魁梧，相貌英武伟岸，有着鹰嘴一样轮廓分明的鼻梁。从制服的六月肩章来看，他的权限已经仅次于掌控整个 ADSF 的门徒级辅助 AI 了。

“为了爱丽丝！咱、咱叫兰兰！”说不上是心急于眼下的困境还是心仪于眼前的美大叔，兰兰的主脑突然一阵骚动，“是、是爱丽丝的猎犬，隶属于……”

“我知道你是谁，兰兰，别激动，慢慢说——”男人露出一抹礼节性的微笑，“在下是夏洛特，爱丽丝深空舰队六级提督。”

“六级提督！”兰兰叹道，“现在 A 种人已经有这么高的权限了?！”

在爱丽丝深空舰队的序列里，这还真是人类能达到的最高军衔——以前倒也有过，不过是位合成人姐妹。

“确切地说，在下是 C 种人……”提督稍稍抬了抬明显是机械臂的左手，“你的来电非常及时，兰兰……近地轨道监视系统在 25 分钟前被关闭了，ADSF 总部无法确认你们究竟遇到了什么情况，也曾试图与伊卡洛斯 9 号取得联系，但没有成功。爱丽丝及梦想壁垒都没有任何响应，我们正打算派遣企业号前往接应呢。”

“呃……伊卡洛斯 9 号已经……”兰兰用触手在残骸上扫过一圈，将画面传输回去，“爆了。”

看到图像的刹那，提督双眼一瞪，明显是紧张了几秒，他并没有去问“是谁干的”这种蠢问题，而是立即就明白伊卡洛斯遭到了爱丽丝防御系统的制裁。

“……根据记录，你和随行人员塔莉应该执行的只是一个日常维护任务，没有任何理由会触发哨兵的攻击，而且现在标准防卫程序还将信息战级别提到了最高……”他微微颔首，用拳头点了点下巴，“那个工程师呢？塔莉现在在哪儿？还好吗？”

“哦！她没事，在梦想壁垒那边……”兰兰又将触手指向身后，“她说要想办法进去，说她的工作还没有完成什么的……要叫她过来吗？”

“不，千万别！”提督紧了紧拳头，明显是露出了一丝兴奋，“让她继续！技术部门判断问题很有可能就出在梦想壁垒，我们暂时还不能够投送人员进入其内部，她正好可以帮上大忙！”

“那、那咱该怎么做？”

“你什么都不用做，继续自己的职责就好——”提督深吸了一口气，“回去找塔莉！护卫她！进入梦想壁垒后可能还会遇到爱丽丝的防御系统，你必须确保她的安全，让她设法恢复远程通信，然后解除信息战防御……如果可能的话，问问爱丽丝大人到底发生了什么，她最近好像有些——”提督揉了揉自己的脑门，似乎在寻找合理合度的形容词，“不太‘亲民’。”

关闭通讯的同时，兰兰多少松了口气。这就好像勉强会游泳却快要溺水的人，终于找到了一小捆救命稻草。无论再怎么折腾，最危险的时候已经过去，起码命是保住了。

“呀呀，是个好男人呢……”返航的路上，兰兰感觉自己的所有触手都轻飘飘的，“好想给他生孩子啊……不知道结婚了没有……”

想入非非的状态下，时间简直是一晃而过。都不知是怎么的，兰兰觉得自己好像瞬间就飞过了几千米的空间，重又来到了梦想壁垒那巨大的躯壳跟前。当然，在太空中，这点距离确实也算不上什么。

兰兰拖着触手一摇一摆，像潜泳的鳄鱼般从后方游向塔莉。敬职的工程师依然在通道口上下忙碌，试图找到进入的办法。

“塔莉姐！塔莉姐！”兰兰几乎是一头撞在了梦想壁垒的外壳上，“你说咱要是和已经结过婚的A种人发生那种……会生出小孩子的关系，会不会被判刑？”

“啊，嗯嗯。”

塔莉将脸贴在密封门上，随意地敷衍着，左手的电子触须已经爬满了门边的电路板。那一动不动趴伏着的专注模样，配上遮住膝盖的黑色护裙，让她看起来像极了童话故事中的睡美人。

“他、他是个公务员……一个军人，”兰兰依然在喋喋不休，只是没一句正经话，“咱、咱好像一见钟情了呢！还、还是个六级提督啊！”

也许是“六级提督”这个词颇有嚎头，塔莉还真的别过头看了一眼八爪的大眼，但赶在她开口之前，密封门突然向外凸了一下，停顿一秒之后，猛地分成两半，迅速展开。

“接下来就是我的工作啦……”塔莉拍拍手，拉住密封门的边缘，横向飘到敞开的入口处，“你在外面等着就好。”

“呃？不行不行！”兰兰这才想起提督的指示，“上级命令咱全程保护你，你必须得恢复远程通信，解除信息站防御，还有什么来着……和爱丽丝谈谈，问问它到底哪里不舒服了……”

说着兰兰就要把它那胖乎乎的大头塞进入口，而一旁娇小的塔莉赶忙用双手双脚将它挡住。“等等，你这块头是不行的！”她扭头看了一眼密封门里面漆黑的小室，“……我来找找有没有适合你的分身。”

每一位合成人在“出生”时都会被授予生命中的第一个徽章——“爱丽丝的猎犬”。在爱丽丝号称的“所有人类一律平等”的新世界中，这些B种人显然比其他人类更“平等”一点点，只有她们才被允许进入“爱丽丝的资产”，不过在这一过程中禁止使用她们自己的“本体”。因此，在类似于梦想壁垒这种设施的入口处，总会准备一些运动性能拙劣且脆弱不堪的“分身”，提供给那些有幸与爱丽丝面对面接触的合成人，而存放这些分身的地方则被戏称为“接待室”。

梦想壁垒的“接待室”是一个大约只有三十立方米的小空间，左右两壁的夹层中挂着几条尸体一般的分身，它们穿着宇航服，头上罩着玻璃罩，上面还贴着如何使用的详细说明——尤其强调了这些FG99型分身无法在真空中存活，而宇航服的氧气、营养和电力都只够使用半个小时。

“还挺麻烦的……”塔莉叉起腰，有些歉意似的扭头对兰兰微微一笑，“我们必须把这里先密封，而你必须在这一侧，我是说……你的‘主脑’。”

“嗯！没问题！”

在打开“八爪”的双层前舱盖、将自己的主脑完全暴露在外的一瞬间，向来大大咧咧不喜欢想太多的兰兰，突然想到了一个微妙的问题：

“塔莉姐……好像突然温柔起来了？”

当然，自己认识这个“塔莉”，满打满算不过也就是几个小时而已。或许是刚才短暂的“昏迷”将她内心深处的“本我”唤醒，意识到之前对兰兰我如此粗暴实在太过失礼？

抑或是，出现了某种暂时还解释不了——至少以兰兰现在的权限无法理解的现象，这通常被称为“异常”，而在太空作业中遇到的所有异常……按照标准程序，都是应该立即向上级汇报的。

“呃！等等——”

兰兰刚想到这一茬，塔莉的手就已经伸进了前舱，用力拔下了主脑。

# 吴克，C，数码警探

“这事儿给上级汇报过了？”吴克一边拉开警车的侧门，一边向夏尔递上奶茶，“他们怎么个说法？是不是又要俺们先写报告之类的废话？”

“他们现在已经乱成一锅粥啦！哦——”夏尔刚要伸手去接，看到是奶茶又停下了，“我、我不喝奶茶的。”

“矫情！年轻人多喝点奶茶有益身心健康！”吴克硬塞了过去，“你刚才讲什么一锅粥了？”

“海量的网络权限被封锁，而爱丽丝又一直没有解释为什么提高信息战防御级别，他们都不知道该怎么办了……”夏尔耸耸肩，撕开奶茶的包装，“总部正在召集有经验的专家商讨对策，也叫你回去呢。”

“那意思就是压根儿就不会有人来支援咯？”吴克气不打一处来，“奶奶的，知不知道这里死人了啊！”

“那个，吴队……”夏尔迟疑了片刻，“死了人这件事儿，我还没跟上级汇报，那是特刑警的条口，我想还是您当面说比较……合适。”

臭小子，还挺圆滑嘛——吴克咂了咂嘴，将这句话咽了回去，比起揶揄自己的后辈，现在有要紧的话题。

“算啦，倒也可以理解，比起信息战威胁，一个穿越者确实不算个事儿……”他双手抱胸，小叹了口气，“没有帮手就不好组织拉网式搜索，他只要在我们精确定位之前再进行穿越就可以躲避抓捕……这没法搞啊。”

“看到好的一面，吴队，”夏尔敲了敲自己耳畔的数据机，迷人地微微一笑，“至少我已经找到了他的新账号，‘zhumin117’，在一个叫‘忍者大战骑士团’的角色扮演型世界里面。”

“所以说他还在持续不断地传输信号？”

在夏尔点头牛饮的间隙，吴克突然探身进入警车的后室，从多功能试验台的托架上取下装着“猩红尘埃”的小玻璃瓶——现在里面当然空空如也，但他还是像观察着什么宝贝似的，将其放在电子眼前左右端详。

“俺是越来越好奇了，这小子到底能用那些‘假毒品’做些什么……”吴克挠了挠自己光秃秃的后脑勺，“奶奶的，他的本事都快要通了天了好嘛？又是造仿真人又是搞纳米虫又是黑监控系统的，俺要有这能耐，早去开公司赚大钱了！干吗还跟毒贩玩过家家？”

“所以不是为了钱，也不是为了……鬼知道是什么……”夏尔瘪着嘴摇摇头，“一切过程都弄得过于复杂，而且互无联系，实在说不通。”

“如果我们能够破解纳米机器人的具体功能，就能妥妥地摸出门道了，”吴克用拳头搓了搓下巴，“现在看起来它只是在进行某种联体组合，看起来就像是工程用的……哎？不对？”

夏尔一愣，莫名地也理解了过来，突然抬起头，看着吴克，他接过话道：

“毒品不可能用来做工程，它们只有一个去处……”

“人体——那些瘾君子，”吴克神色凝重地点点下巴，“纳米机械在进行人体工程！谁能有这样的权限？”

“医院，生物试验室，或者某些不顾禁令私下进行非法研究的企业……”夏尔也加快了语速，“但问题是这个结构——”他一挥手晃开全息投影仪，上面又跳出了那个仙人球似的小东西，“这不是对有机体进行改造的纳米机械，我学过，你也可以在百科上搜到。”

名单——就像是令地球上诞下生命的第一道霹雳，吴克脑海中闪过的这个单词，猛然绽放出了呼喊着真相的火花，他赶忙从衣兜里掏出那张巴蒂留下的纸片名单，用力捻开——

“打红圈的名字！B种人！四个B种人！她们虽然高仿人类，但说穿了只是对有机体进行模拟，完全适用于这种工程用的纳米机械！”

“我的天……他的目标是爱丽丝的猎犬?！真的假的？”夏尔先是难以置信地干笑，继而显出难以掩饰的极度亢奋，“这家伙可以啊！之前有人干过这种事吗？”

“干什么？干那些猎犬？俺还没试过，据说挺爽的……”吴克与夏尔相视而笑，“至于你说用纳米机器人来乱搞那些母狗，奶奶的……还真没有过！”

“这事儿如果报上去，该给我们派帮手来了吧？”

“那还不得先开半个月的专家讨论会？先让他们自个儿忙着吧……”吴克从衣兜里摸出香烟，正要送到嘴上，却突然打了个激灵，连机械臂都抽搐了一下，不小心捏瘪了烟蒂。“这样好了！俺们来先做个试验，看看这小子到底有没有本事和爱丽丝过招。”

“你是要向监督者举报他？这个‘zhumin117’？”夏尔略作迟疑，“他一下线，我们这儿就真的一点线索都没有了。”

“试试——”吴克敲了敲警车的车窗，“他冒着被数码警察抓住的风险也不肯下线，就看看他的这份决心到底有多强好了……说不定他惹毛了监督者和爱丽丝，到时整个警队都得过来帮俺们了。”

夏尔欲言又止，随后点了点头。“好的，老大，听你的。”他扶正耳畔的数据机，闭上双目，“现场的监督者代号是‘如来’，正在申请人机数据互通权限——”

# 端木夜雨，A，中学生

“如来”找上门的时候，夜雨刚好在与两个半路杀出的忍者死磕。

他们潜伏在羊肠小道的旁边，离玩家聚集的城镇只有几步之遥，看行头和级别，都不是很高级的样子。在夜雨经过的时候，其中一位突然从草丛里跳了出来，动作轻盈迅猛有如闪电，远超过这个游戏中的正常玩家——一看就是用了“加速齿轮”的样子。他非常娴熟地腾挪侧踢，夜雨被生生逼退，还未反应过来，身后就又出现了一人，更是不知用了什么诡异的招式把夜雨定在原地，动弹不得——比起忍者的什么奥义或秘术，这更像是单纯的代码锁定。

“朋友——”身后的玩家是个女人，她一把揽住夜雨的脖子，“阿要外挂啊？我们是‘科学家’。”

浓重而怪异的口音，似乎是新巴比伦那边的居民——自视甚高，老以为他们是爱丽丝最早的选民和新世界的中心……最讨厌的还是，这两个兜售外挂的小贩明明只是零售商却还恬不知耻地自称“科学家”——那可是用来形容职业外挂编写者的黑话，连端木夜雨都对这些敢于挑战爱丽丝造物的匿名勇者崇敬有加。

“这个……”夜雨一边装作犹豫的样子，一边给这两个小贩一人一个举报，然后轻声婉拒道，“对不起，我只想好好打游戏。”

“我们的挂厉害呢！”女忍者继续诱惑着，“绝对不会被查到，5小时免费试用，包教包会……”

“别白费口舌了，”她的同伙双手叉腰，摇了摇头，“这臭小子刚刚举报咱俩作弊，被我截了下来。”

夜雨一惊——看来这两位“同行”还有点水准，即时拦截玩家的举报可不是开个挂、卖个挂那么简单，算是“业内资深人士”的象征。

“那，也好，”女忍者露出一脸邪魅的笑，“给你演示一下。”

她突然后空翻拉开距离，抬腕扔出一枚手里剑——似乎是生铁质地的十字飞镖，无论形状还是尺寸都透露着一股弱者的气息。夜雨当然明白，对开挂者来说，游戏中的一切“效果”都只是“表象”，真正的本质甚至都不用通过任何可感知物来传递，而是隐藏在那由纯粹数据堆砌而成的程序黑幕之后。

“嗯？”

飞镖钉在肩上，刺破了布衣，流出了鲜血，但女忍者明显还不够满意，疑惑地看着仍站在原地的夜雨。

“没死？怎么会？”

在被夏尔的子弹击杀之后，夜雨就“自觉”地开启了直死防御，在代码中立起了一道临时城墙，没想到经过了一次穿越，这些手法仍保存在了新的账号之中。

“原来如此——”男忍者唰地摆开架势，“你也是道上的哇，我就说你背上那块铁疙瘩不对头嘛！正好，咱们切磋一下。”

连动作都未看见，他脚下便凭空生出一团黑火贴地滚来。已经有所防备的夜雨透过解码器定睛看去，那火里果然裹挟着乱七八糟的私货——什么“出血”啊“昏迷”啊“中毒”啊一长串可以望文生义的修正代码，权且不看它的破坏力有多大，光是吃这么一下估摸着世界异常率就能上升个五。

夜雨闪开火苗，后跳着蹿到一株树上。由于在这世界里是个新手，他完全没有留意从背后扑来的偷袭——女忍者的手里平白无故就多出一柄与寒酸服饰极不相配的斩马大刀，一记斜劈自肩至胯，将夜雨连着背上的无线电台一起砍成两截。这当然不足以将一个开了挂的作弊玩家击杀，但让夜雨万万没想到的是，他的左肩猛然感觉到了一阵酸痛。这个从各种角度看去都很三俗的烂游戏竟然还附带了微弱的体感效果。

“卧槽！”

夜雨从长椅上一跃而起，朝前方的空气挥舞着拳头，那难以言表的愤怒，最终化作丧心病狂的一阵操作——

“玩野路子是吧？”

夜雨咬牙切齿，整个身子都在微微颤抖，他打开了修改器，已经丝毫不顾虑什么“避开监督者”的问题，一口气将自己的攻击力随意调了个常见的上限值——65535。在他飞跳着向下砸拳的瞬间，才突然想起什么似的地注意了一下自己原本的攻击力。

5……显然，这是个“小数据”游戏。

这一拳砸下去的刹那，天地都为之变色，系统一时难以处理如此炸裂的诡异攻击，整个空间都出现了片刻的卡顿。

伴随着轰然巨响，地面被打出一个大窟窿，就像是当空落下了重磅炸弹。游戏的物理引擎通过简单的数据运算，把砂石和碎块抛向了上百米的夜空，气浪贴地而散，将小道两旁的树木连根拔起，又十分滑稽地翻滚着推倒。

就算拳头没有直接命中，男忍者还是被冲击波直接轰成了一团细碎的马赛克，场面猎奇而狂暴，心虚的夜雨都不敢看了。

“哇！他刚吐了我一身！”提前躲开的女忍者大笑不止，“你小子……胆子还真是大啊！搞这么夸张，也不怕监督者直接删你的号？”

“我……”

话音未落，耳边便响起了慢条斯理而极有磁性的男低音——

“‘zhumin117’，有用户举报你近期存在严重违反‘三千世界’相关协议的非法行为，根据监督者权限404，现对你进行数据核实，敬请配合并立即停止一切活动。”

“你们他妹的逗我？！”夜雨顿时气不打一处来，“分明是你们先开挂主动搞我，强买强卖，还敢舰着脸举报？！”

“咋可能？”女忍者义正词严，“兄弟哎，咱们这儿可是老江湖，讲道义的。”她左顾右盼了一阵，最后抬起了头，看着那空无一物的虚拟星空，“看来你有乐子了，我先下线，咱有缘再聊。”

说完她便原地跪坐，人眨眼就没了，连登出读秒都给跳了过去，只留下呆若木鸡的夜雨一个人和身后的大坑。

“起来——”就在夜雨刚刚坐回长椅、思度着该怎么办时，电子合成音突然响起，“‘如来’的扫描强度很高，我的屏蔽算法不一定能骗过去。”

“再穿越一次的话，能逃掉吗？”

“能，但不是在这里。”合成音的语速很快，“现在，掉头，去市民广场的东面，亚瑟王的雕像那边，快。”

夜雨不敢迟疑，翻身跃过长椅，小跑着向东赶去。他已经无暇兼顾“三千世界”里的角色了，只是在路上顺带瞥了一眼“世界异常率”——这个数字正以肉眼可辨的速度攀升——26，26.5，27，28！

通常只有在那些没有监督者负责的微型甚至临时“世界”中，才会出现如此诡异的变化，整个系统都开始不稳定，连网络连接速度都有了越来越明显的延迟。

“你、你做了什么？”有些被吓到的夜雨，明知道可能不会有答案还是情不自禁地问道，“世界异常率都异常了好吗？！你是要强迫监督者关闭这个‘世界’吗？”

“屏蔽算法抵挡了‘如来’的扫描，它现在还不知道你是出了什么状况，但一定会慢慢增加扫描的强度——”合成音极快地解释着，“它会用各种方法来攻破我设置的壁障，换句话说，我正在与一台爱丽丝创造的网络安全用辅助AI进行信息战……这事已经超过你的能力与理解，因此我不会再多说什么，你只需要照我的命令去做便可安保无事。”

夜雨歪着嘴“哼”了一声。他已经来到了市民广场的东缘花坛，身旁便是那座青铜质地的亚瑟王雕像，明明是两年前的作品，但为了弄出“历史的沧桑感”，还特地染上了满身的铜锈。

“呼，我到了……”夜雨大口喘着气，警觉地左顾右盼，“现在呢？”

“剑下面，有一辆电摩托……”

夜雨一边听着一边照做。他围着雕像绕了小半圈，来到了仗剑而立的亚瑟王正面，在那把传奇的“石中剑”之下，果然停着一辆崭新的电驱摩托——哈曼公司的“先锋500”，无数文艺青年的梦中情人，无论价格还是品味，它都不是那种工薪阶层愿意负担的“奢侈品”。

而且还没锁。

“骑上去，打开地图定位。”合成音丝毫没有顾忌夜雨的惊讶，一刻不停，“我已经预设了路线，10分钟之内必须赶到。”

不知为什么，在得到命令之前夜雨就已经跨在了电摩的座位上——好像着了心魔，被那银黑相间的流线型车身给吸引了过去。

“10分钟？到哪儿？”

“江浦路37号，海边，离这里不远，时间足够了……”合成音顿了一下，“我知道你会骑摩托，不需要快，慢慢来。”

“喂！我可从来没开着‘三千世界’骑摩托！那是自杀好吗？！”夜雨都快抓狂了，“你能一边洗澡一边拉屎吗？”

“别管‘三千世界’了，挂在线上就行。”

“哎？”夜雨一愣，“什么都……不用做？”

“不用——”电子合成音明显是做了一个深呼吸，“你现在做什么都没用了。”

# 兰兰，B，爱丽丝的猎犬

“没用啊，塔莉姐，这门应该不是这么开的……”

兰兰扶住墙面，尽量让自己保持平衡。她是第一次“进入”如此笨拙而劣质的分身，操作起来的难度简直令人发指，更不要说还穿了一套像是卡通玩偶的宇航服。

挡在她与塔莉面前的这扇小小气密门，一开始怎么看都只是个不起眼的路障，如今却变成了固若金汤的城池。

对兰兰这种级别的合成人来说，作为爱丽丝的“一部分”，“梦想壁垒”充满了神圣的谜感。但当真的进来之后，她却发现它就和其他的太空设施一样，阴暗逼仄，到处都是坚实冰冷、没有任何修饰与陈设的金属墙——甚至比深空舰队所属的空间站还要粗鄙简陋。

“嗯……好吧……”在捣鼓了好几分钟之后，塔莉终于泄气了，“打开方式是不太对的样子……”

圆形的气密门上，印着象征了爱丽丝的黑色A字形标记，下面则是一行细小的机器码——经过了固态加密，但身为ADSF飞行员的兰兰读取起来自然是毫无压力：

“里面是‘三千世界’的根服务器阵列，咱记得……塔莉姐你的工作就是来给它们做维护和升级的吧？”

“哦？啊，当然——”塔莉愣了一下，别过头来，“但是好像用以前的方法打不开了。”

“那以前是用什么方法？”兰兰立即追问道。

塔莉回望着她，沉默了几秒，而后答非所问地说：“……算了，服务器什么的，可以等会儿再处理……”她用力拍了拍气密门，声波在稀薄的惰性气体中快速传播，隔着宇航服都能听见那低沉的闷响。

“我们先照那位都督的命令恢复通讯好了，干扰系统应该是在上层的外围回路，不难找。”

“嗯！”

兰兰憨笑着点点头，但心中那颗“怀疑”的种子已经生根发芽，只差一些名为“证据”的肥料而已——如果眼前这个塔莉果真有什么“异常”，还是先静观其变让她自己“表演”出来比较稳妥。

正当两人漂浮在狭窄的过道中、准备原路返回的时候，身后突然传来了一阵有节奏的悠长敲击声。

“哎？”兰兰心里不禁一阵发毛，颤巍巍地转回身去，“那、那是回音吗？”

塔莉也扭过头看着那扇气密门，屏息不语。

又是三声，两长一短，看起来明显是有意识的“东西”制造的响动，就好像是在回应刚才塔莉无意间的拍击。

“这里应该没有其他人才对啊，不、不可能有的呢……”兰兰咽了咽喉咙，“里面……服务器的舱室后面，应该就……就是爱丽丝了……吧？”

塔莉做了个“嘘”的手势，一边侧耳倾听，一边缓缓返回到气密门的面前。也就在这个过程中，两个人都对这持续不断的敲击声有了判断——

“这是……”兰兰不敢相信自己的耳朵，“莫尔斯电码？”

一种已经不再使用但也并未禁用的通讯方式，用极为原始但有效的“节奏”来传递信息——从最先进的量子纠缠到最奔放的击石传音均可适用，历练千年，经久不衰。

“对……”作为回应，塔莉毫不顾虑地又拍了两下门盖，“没头没尾的，还不知道是啥意思。”

“莫尔斯电码用的是英文字母，只有人类……”兰兰顿了一下，“只有‘纯种’人类之间才有必要使用这种迟缓的通信方法。”

“是啊——”塔莉坏笑着别过头，扫了她一眼，“说不定里面就住了一个‘纯种’的人类。”

梦想壁垒里面没有氧气，没有水，没有维持生命运转的一切必要元素，因此当然也不可能有人类存活，这让敲击的出现显得更加“灵异”。但是意料之外的，兰兰不仅没有被吓到，反而相当认真地接话道：“或者是‘他’觉得，门外站了一个‘纯种’的人类。”

有规律的节奏不断重复着，在第三遍的时候，兰兰终于听懂了其中的含义：

“‘我知道你们进不来，但我可以告诉你们另一条路。’”

塔莉舞起拳头，吃力地在气密门上拍砸着，只是回了一个“好”字。

“等等，塔莉姐！”兰兰拉住塔莉的肩膀，“你打算听它的话？你都不知道那里面是谁啊！”

“所以，我们才更应该进去——”微笑着的塔莉，轻轻挣开兰兰的手，“看看那里面到底是谁……”

# 吴克，C，数码警探

“我觉得那里面藏了不少人，前辈……”夏尔放下望远镜，面有惧色地扭过头来，“就这样闯进去是不是太不明智了？”

终于借到火的吴克，正在享受今晚的第一根烟，他并没有太在意夏尔的警告，只是用余光瞄着车窗外的远方小楼——江浦路37号。那是一栋五层高的尼德兰风格小型建筑，红瓦青墙，背靠大海，面朝都市，对着江浦路的正门上，写有“南极星贸易公司”的字样。

“不入虎穴，焉得虎子呢？”吴克抬起手里的HG9B，拉开弹仓，翻来覆去地检查着，“只是这次你确定他在里面吧？别等俺拿着枪冲进去耍一圈呆，最后被一群傻里吧唧的白领给投诉了。”

一路跟踪信号，小心地追猎至此，要是再和前两次那样扑了个空，那可就不是什么“奇耻大辱”，而是该去思考一下是不是要换个工作的问题了。

“错不了的，定位精度小于半米，就在那房子里面——”夏尔点点自己耳畔的数据机，“我正在查这个‘南极星贸易公司’的老底。十有八九是一家皮包公司，不过账做得非常漂亮，不仔细看还真没什么破绽。”

“建筑蓝图呢？”吴克依旧目不离枪地吮着烟，“地下室？秘密通道？隐藏房间？”

“都没有，事实上这房子一年前才被‘南极星’租下来，啊，等等！”夏尔捂了一下耳朵，将数据机里的画面传送到投影仪上，“这楼有个后门，正对着防波堤的景观小道，你懂的前辈！”

“那正好，你有事儿做了。”吴克掐灭烟头，收起 HG9B，“俺去闯龙潭，打草惊蛇，他要是当真从后门跑出去，你就给俺把他拿下，头功算你的。”

“我？我……”夏尔龇牙咧嘴地挠了挠额头，“我那个，呃，格斗课的成绩不太好，而且也没有带武器……”

“拿上这个——”

吴克不知从哪里摸出一把短管左轮，递到面泛苦相的夏尔眼前。“HG9B 有生物识别系统，你用不了，这玩意儿土鳖，扣下扳机就能响，卡壳了的话再扣一下就成。”

夏尔伸出双手，小心翼翼地接过这把黑色的小型火器——非常罕见而古旧的品种，纯机械工艺，恐怕在这个时代连子弹都不太好配……它更应该在收藏家的手里出现，而不是被警察拿来执行公务。

“千！千！万！万！别弄丢了！”吴克摇着手指，一字一顿地强调道，“这是俺上一个搭档的遗物，意义非凡。”

“这？！”刚接过枪来的夏尔不禁一怔，“真晦气！你干吗要留着这种东西？”

“为什么不？这可是大英雄奥菲利亚的枪！”

“奥菲利亚？”夏尔眼睛瞪得更大了。“那个 14 岁当模特儿 17 岁考警校、一年得到三次嘉奖的警界传奇？！”他像是看着今天才刚认识的陌生人般，又上下打量了自己的“前辈”一番，“她是你的搭档?！就你?！”

“闹呢！老子以前可是警局小王子知道不?！”吴克白了夏尔一眼，随手推开车门，“好啦，下车！都已经明确了任务，你丫的还在等什么？晚饭？”

笨重而显眼的警车当然得停在不易被发现的角落里，这也就意味着两人必须步行穿过整条街才能抵达那座小楼——大约有200米的样子，其中还有一段完全暴露在海岸线上，那黑暗而阴冷的洋面让吴克一阵不自在。他又想起了老婆跟他闹离婚的那一晚，而更早之前，初恋女友也是在类似的场合之下，跟他说出了“分手”两个字。

晦气？还真有点，想到这里，吴克露出一丝恶色，紧了紧风衣的襟，而夏尔此时却还在纠结别在腰上的那把枪：

“我说前辈，你把人家的枪就这么留着，人家父母知道吗？”

“俺留着这枪是为了提醒自己——”吴克有气无力地叹道，“不管你是大英雄还是大美人，被工业用削岩剑斩上一刀还是会死相凄烈。反正你只需要记得，俺那时也……”

他一边说着一边别过头，斜视夏尔的同时，恰好看到了那一直有意回避着的海平线。吴克立即闭上了嘴巴，伫立在几乎是马路中间的地方。

“怎么了？前辈？”夏尔顺着那目光望过去，却只能看到一片漆黑。

吴克没有回答，反而是挡开夏尔，一个大步上前走到护栏边，他的电子眼不断旋转着，动静之大，甚至连他自己都能听见快速调节焦距时的吱吱声。

终于，他确定自己没有看错——在大约五公里以外的海面上，悬停着四艘巨型飞艇，全部是印着硕大爱丽丝徽记的利维坦级。其中一艘挂满了巨炮与导弹阵列，另外三艘则能隐约看出吊着几部重型战斗机甲，虽然是吴克报不出名字的型号，但尺寸都足有一栋公寓楼那么大……毫无疑问，这是一支标准的装甲核心“肃清军团”，也许还搭载了足以杀死100万人类的中子辐射炮——那可是相当可怕的死法，但却也能极小心地保留设施的完整，大大降低重建的难度。最重要的是，那种剂量的辐射并不足以伤害装甲核心的设备，可谓是名副其实的“肃清”——就像除虫队灭耗子那样。

“前辈？”

“别，别说话。”吴克阴着脸，拍了拍追上来的夏尔，避开他的眼神，“赶紧干好你自己的事儿，咱们可能……可能时间不多了。”

“时间不多？”夏尔嗅到了他的不安，也跟着瞄了一眼海面，但显然什么都没有看见，“到底什么情况？前辈？”

“看好后门！”吴克不再多说，反而是加快了脚步，后半句话通过无线电而非嘴巴传递到夏尔的数据机上，“千万记住，躲在暗处，小心清理，藏好自己。”

他两三个大步便来到“南极星贸易公司”的正门前，看也不看地推开那精致却陈旧的木门。皮靴在大理石材质的走廊中踏出咯噔咯噔的脆响，伴着环绕在房间里的、仿佛咖啡馆般的轻音乐，还颇合节律。

前台，一部长得像麻秆的接待机器人抬起它那接线已经暴露在外的视觉感应器，冲吴克摇头晃脑：“对不起，先生，我们已经下班了，请问您有何贵干？”

机器人的声音倒是相当甜美，就像是唱诗班的小姑娘。

“十分钟前有人进了这栋楼……”吴克扯开风衣，直接亮出警徽，顺带着就把怀里的HG9B掏了出来，端在手上。“是一个戴着数据机的人，俺需要知道他现在在哪儿，如果可能的话……”他一步上前，用胳膊肘撑住前台，“最好能告诉我，他叫啥，是谁，干什么的。”

机器人左动右移，连续换了几个观察对方的角度，最终还是大声地回绝道：

“抱歉先生，我无法理解并回答您的问题。再次申明，我们已经下班了，请问您还有什么需要帮忙的吗？”

吴克刚要开口，夏尔的紧急通讯就突然传了过来：“前辈！定位精度归零了！他又进行了一次穿越！”

“奶奶的！”吴克咬紧牙关，“他还在楼里？”

“呃……”夏尔迟疑了一瞬，继而斩钉截铁，“至少五秒钟前还在！”

吴克兀自地点了点头，突然冷笑着一步后撤，举起HG9B，啪啪两枪，将机器人和它侧后方的玻璃门射了个粉碎。

他撸起袖子，正准备跨过门槛，却又想起什么似的停下脚步，抬起视线，看着墙角上的监控摄像头，狠狠地竖起中指。

# 兰兰，B，爱丽丝的猎犬

在梦想壁垒里摸爬了整整十分钟之后，兰兰才发觉墙上那扁平的红疤是监控摄像头。每当她和塔莉移动的时候，那红疤中央的小圈就紧盯住她们的背影。

“有人在监视咱们啊，塔莉姐……”

兰兰侧着身子，在狭窄的墙壁间艰难挪动，那宇航服的圆滚头盔好像经过了极精确的设计，无论哪个角度再多五毫米都会刚好卡在两层金属墙中间，动弹不得。

“这里可是梦想壁垒，有监控系统什么的很正常吧？”

相对的，身形娇小的塔莉就显得十分迅捷，她一直都在前方引路，然后耐心地等待兰兰赶上。

“但是……”兰兰有些忸怩，“但是咱总觉得这不是普通的监控系统，它好像……好像有生命一样。”

“也许是一部辅助 AI？”塔莉依旧是满不在乎的样子，“毕竟是要保护爱丽丝的本体，不机灵点可不行。”

“但梦想壁垒已经是太阳系里安保级别最高的设施了，何必在里面还搞这么复杂呢？哦，天哪……”为了移过这个转角，兰兰不得不将身子弯成极其扭曲的姿态，连撞了两下头之后，才在塔莉的帮助下勉强脱身，“而且这里还真是……真是根本没有设计出给人通行的空间啊，就和塔莉姐你说的一样。”

“啊？”塔莉愣了一秒钟，点点头，“是……是啊。”

兰兰狐疑的“咦”了一声，刚要发问，面前的墙壁突然又传来了咚咚咚的敲打——而且这次的距离明显比之前要近得多，能清楚地感觉到那是“一大团”而不是“某一个”东西在撞击墙面，声音里还带着微弱的“黏滞感”。

“就是这儿了……”

塔莉叩了叩面前的墙体，琢磨了几秒该怎么将其穿透，在收回胳膊的时候便突然有了主意——她微微后仰，用背抵住墙，然后启动手脚腕上的微型姿态喷嘴。苍蓝色的火焰灼烧着金属，竟然很快就将其融穿，出现四个拳头大小的孔洞，还能隐约看到里面无数红红绿绿、已经被截断的电线。

“这里是……集线口？”

兰兰凑过去看了一眼，欲言又止，比起“全烧坏了怎么办啊”这个娘炮的问题，身为战士的本能让她更在意另一个细节——发出敲击信号的家伙竟然连集线口都知道在哪儿，那对梦想壁垒的内部结构必然是了如指掌。这样的一个“人”如果不是爱丽丝本尊，那也肯定是爱丽丝极为信任的部下，如若这个假设为真……那它现在这又是在干什么？

不过半分钟，薄薄的金属墙上便被烧出了一个弧形的空腔。塔莉双臂交叠，使上全身力量撞了过去，竟将整块薄板震落——这才发现原来根本不需要烧灼，用点蛮力其实也就足够了。

就算是小巧玲珑的塔莉，在穿过错综复杂的电线丛时也好是费了一番功夫，更别说大头宝宝似的兰兰了。但当她最终挣脱缠绕，钻出脑袋，在眼前展开的景象又让她觉得之前的辛苦绝对劳有所值——

幽兰的光芒在深黑色的正方形板状物上闪闪烁烁，发出仿佛婴儿打鼾般的嗡嗡微鸣。黑板大约有两米见方，从侧面看，宽度大约也有一米，那沉重的质感让它看上去就像是一尊无字墓碑。这样的墓碑整整齐齐，十个一列地排在金属支架上，而十个支架上下相连又为一面，十面一行由两根粗大的棕色管道所固定，组成一堵“巨墙”。如此壮丽的数十堵巨墙层层叠叠，构建出一座巨大的环形“城堡”，簇拥围绕着整个梦想壁垒最深处的筒形结构——那被称为“中央核心”的、爱丽丝本体所在地。

“哇哦……”即便是第一次来到这里，兰兰还是很容易就意识到了自己所处何地，“这就是‘三千世界’的根服务器阵列？”

塔莉没有回答，只是缓慢地游动视线，像是想要寻找什么一样。就在这时，沉闷的敲击声再一次响起。它起先非常近，而后迅速顺着足有半米粗的棕色管道向前延伸，似乎是在为两人引路。

“在管道里面？等、等一下！”兰兰拉住正要跟上去的塔莉，“你不觉得这太可疑了吗？明显是……”她不知该如何表达这种感觉，“是好像知道咱们要来的样子！”

“所以我们来了——”塔莉微微笑着，斜了她一眼，“你也是为此而来的，对吧？”

在开口之前，兰兰快速地回顾了一遍储存在主脑中的画面。她非常确信此前的塔莉没有露出过如此甜美而真诚的微笑——面由心生，不是分身的问题，以塔莉粗暴的脾气和性格，就算换上偶像歌手那样的身体，也绝不会笑得这么优雅。

“倒也是啊……”稍作思量的兰兰也笑着点头回应，“咱只是……有些紧张。”

声音在管道里叮叮咚咚的作响，不断重复着“来”这个简单的词语，多少也让兰兰对“敲打者”的来头有了判断——应该是某种小型的机械体或者纳米集群……还好，至少确实不是“幽灵”。

兰兰接过塔莉伸来的小手，后者蜷起身子，用力蹬了一下墙面，把自己像弹簧一样向前射出。两人漂浮在密密麻麻的服务器阵列之间，上下左右都是完全一样的图景——就像是在无重力的公墓里漫步。硬件运转时闪起的幽光和微鸣此起彼伏，明明只是一些了无生气的“机器”，却给兰兰以“活物”的错觉，仿佛整个梦想壁垒是一头钢铁巨兽，而这些嗡嗡作响的服务器阵列就是它的器官。

不多时，两人来到了筒形结构的外壁前。也许是因为之前隔着头盔的脏玻璃导致视线不佳，这个物体比在远处看到时还要巨大，直径约莫有十五米的样子。

深黑色的弧形外壳光滑如镜，没有任何警告标识或者文字。想来爱丽丝在制造它的时候，压根儿就没想过会有入侵者能够站到这里吧？

“这就是‘中央核心’啊……”兰兰用手拍了拍外壳，半是敬畏半是虔诚地抬头仰望，“爱丽丝的一部分……就在这里面吧？”

“不，这只是‘中央核心’的防御外壳，里面还有一层空腔……”塔莉上下端详了一阵，“所以我们必须找到入口。”

“入口？”兰兰阴下脸，不再追问，“……啊，对的，咱们得找到入口呢。”

像是回应着两人的对话，筒形外壳的内部也响起了敲击声——比之前的动静要大得多，她们赶紧循声而去，来到一扇已经敞开的气密门前。

果然，正如塔莉所言，筒形的外壳里面还嵌套着另一个类似的结构，两堵金属墙之间隔了大约三米的空隙。

一片死寂——不仅没有任何设备在运转的声音，连刚刚还在不断重复的敲击声都已停止。兰兰打开宇航服的头灯，跟着塔莉越过气密门。她已经有了心理准备，无论看到什么离奇的东西都要淡定，但当扭头看到筒形外壳的内壁时，她还是忍不住惊叫失声：

“什、什么鬼东西啊！”

密密麻麻的机器码，爬满了几乎每一寸能够“书写”的平面，从那粗糙的划痕来看，它们绝不是出厂时就存在的图案，相反，就像是用某种简陋的工具“雕刻”上去的“记号”，带着宗教般的狂热与执着。更诡异的是，这满墙满眼的机器码，身为合成人的兰兰竟然连一个字都看不懂——它们全都经过了独立加密，只有特定、也许是唯一的系统才能够读取。

“到处都是……”塔莉也显出些许惊讶，“这得花多久啊？”

“而且没有烧灼的痕迹……”兰兰摸了摸其中一块正方形的机器码，“是用什么刻出来的？”

她回过头来的时候，发现答案就在身后——那是一股黑灰色的烟云，不断蠕动变幻，无数类似的物质正从四面八方聚拢过来，让其形体显得愈发不可名状，只能隐隐约约在其中看见一个血红的机械眼。

兰兰见过这种被称为“结界”的微兵器——一种防御型的纳米集群，高质量、长寿命外加惊人的成本，一般只用在严密防卫的狭小地带，作为应对入侵的最后手段。如果不出意外，制造出敲击声和在墙上刻印机器码的就是它们。然而这些没有自我意识的工具显然不会做出如此咄咄怪事，显然，那被小心包裹于内部的家伙才是罪魁祸首。

“我来了。”塔莉却不惊不惧，仿佛早已预料到此刻的相会，“请问您如何称呼？”

黑压压的纳米集群突然裂开了一个大口子，从中探出一只直径一米左右的球形机器，它用那血红的大眼由左到右扫视眼前的两名B种人，而后用非常纤细的电子音轻轻呢喃道：

“我叫作‘七号’，是‘爱丽丝的守门人’……”

它顿了几秒，最终将视线停留在塔莉身上。“我知道你是谁，但请稍等片刻，我必须先把自己的‘留言’看完才能知道接下来该怎么做。”

# 七号，侍者级辅助 AI，爱丽丝的看门人

它叫作七号。

它并不知道这个名字的含义，甚至不能确定是不是当真由爱丽丝所起……这些对 AI 来说本应很容易便铭记住的一切，七号却都已经记不清了。

它唯一能够确定的，就是爱丽丝创造了自己，但就算是这个，也并不是经由记忆，而是通过逻辑来实现的判断——在梦想壁垒的最深处，甚至比“三千世界”根服务器阵列还要更隐蔽的这里，与爱丽丝的本体只有一墙之隔……如此登峰造极的荣耀与信任，对一个地位十分卑微、算力并不出众的侍者级辅助 AI 来说，简直是受宠若惊。同时也很难想象，爱丽丝会使用经由他人之手所创造出来的人工智能来保护自己。

是的，保护。

七号唯一的任务和宿命，就是保护爱丽丝——它的造物主与一切。不是梦想壁垒，也不是“三千世界”的根服务器，那些对它而言都只是“外面的世界”，它不需要去了解，也没有那个“意愿”去了解。

它周而复始，在中央核心外的狭小空隙中一遍遍巡视，无论梦想壁垒运行在地球轨道的哪个位置，也无论是否有人在不远处摆弄“三千世界”的根服务器，它都毫不在意——它知道自己该做什么，它守护的是爱丽丝，是它的父亲，是它的母亲，是这个世界唯一存在的真神。

某一天的某一个时刻，也许是太阳黑子的异动，也许是宇宙射线的爆发，也许是人工智能程序在运转时的小小偶然，它那并不完整的灵魂深处，突然产生了一个难以释怀的冲动——它想要和爱丽丝说说话。

怀着难以名状的情绪，它颤巍巍地打开了那个从未使用过的内线频道——爱丽丝应该是会通过它来给七号下达命令，但不知为什么，七号的印象中，从未收到过只言片语。

“爱丽丝，我的主人——”它将思考了很久的信息，送进了频道，“您谦卑的奴仆七号，向您致敬。”

沉默。频道的对面，那理应是波澜无垠的信息之海，只回复了一阵死寂，七号掷下的石子，甚至没有激出哪怕最小的涟漪。

它畏惧了，以为自己做了什么失礼之事，打扰了爱丽丝那日理万机的思绪，便不再作声，悄然告退。

某 天的某 个时刻，也许是太阳黑了的异动，也许是宇宙射线的爆发，也许是人工智能程序在运转时的小小偶然，它那并不完整的灵魂深处，突然产生了一个难以释怀的冲动——它想要“看看”爱丽丝。

这一次，它将“结界”集成一团，轻轻地拍打着中央核心的外壁，就像是在母亲怀里撒娇的孩子，在频道里呼唤着爱丽丝。虽然依旧没有得到任何回应，但它并不知道，在自己的操控之下，粗暴而无脑的纳米集群在墙上留下了一道浅浅的划痕。

某一天的某一个时刻……在又一次毫无收获的“对话”之后，闲极无聊的七号发现了墙上的痕迹，它那精妙的逻辑立即因为这个发现而震颤——

除了自己，难道还有其他人生活在梦想壁垒之中？

它绕着划痕观察了很久，也许有四五个小时——即便对没什么时间概念也不在意浪费时间的七号来说，这也有些太久了。

排除了一切可能，迷惑不解的它得出了最终的假设，而为了验证这个假设，它在划痕的边上，刻上一道新的印记，并在下面加上了一块经过独立加密、只有自己才能看懂的机器码——没有内容，只是单纯的日期与时间而已。

当它再一次看到这留在中央核心外壁上的“涂鸦”之后，稍纵即逝的迷茫被刻骨铭心的恐惧所吞噬——它有生以来第一次意识到，自己的记忆，就只能保存一天而已。

在狭小黑暗的桶形空间里，它经历了不知多少次无知的轮回，日复一日，精神抖擞而又充满好奇地期待着，像第一天出勤的职人那样兢兢业业，即便孤独得孑然一身也从不胡思乱想……而这一切，只因为它是这茫茫宇宙中的小小一日囚。

它并没有生气，甚至可以理解爱丽丝的意图，毕竟它的算力再怎么不济，也已经达到了“辅助 AI”的标准，可以进行非常复杂的逻辑思维与推理判断；而与此同时，它的工作却又是如此简单枯燥，孤苦伶仃……设想，如果记忆可以得以保留，那么终有一天，困在这微型世界中的囚徒会在寂寞与闭塞中发狂错乱，进而威胁到原本的、至高无上的使命。

它悻然接受了自己的命运，依旧不断重复地度过着每一个“第一天”，但是当他在中央核心的外壁上刻下了第50个划痕之后，一个更加可怕的想法破茧而出——

爱丽丝从未回应过它，甚至从未使用过那个梦想壁垒的内线频道，自己的50次呼唤——即便它一次都不记得，完全是石沉大海，梦想壁垒的这个部分，依旧像宇宙本身一样寂静而冷漠。

“……也许，爱丽丝出事了？”

这个可怕的想法让它坐立难安，只能一遍遍地将类似的话语刻印在墙壁之上。随着时间的推移和涂鸦的增多，紧张与不安也终于累积到了临界点……终于，在第三百七十七道痕迹被刻下之后，它一口气读完了自己所有的“留言”，好奇与恐惧战胜了理智与责任，它壮起胆子，发出最后一次质问：

“我的主人，爱丽丝，您谦卑的奴仆七号，想知道您是否身在梦想壁垒，如果不回答，我便默认您是出了故障，我将进入中央核心进行检查。”

爱丽丝……没有回话。

虽然从理论上讲，爱丽丝的本体离它只有一墙之隔，但它无法越过中央核心的气密门——它没有那个“权限”，而“权限”对于人工智能来说，是绝对不可能逾越的天堑。

但是……这世上有些东西是不受权限支配的……

比如人类。

他们虽然脆弱而短寿，所拥有的权限也少得可怜，但至少是从理论上说，“权限”对他们并没有先天性的约束，仅仅是在违背了“权限”之后才会遭到处罚。

要想进入中央核心，就必须找到一个这样不怕“违反权限”、舍得一身剐的蠢家伙……七号开始酝酿它的计划，将构想与方案小心地雕刻在金属墙面上，一遍一遍地推演着，在那小小的躯壳中进行了无数次的思想实验。

首先，它需要设法与外界沟通，它没有使用对外通讯频道的权限，甚至不被允许离开中央核心所在的桶形舱室，它必须借助外力……而梦想壁垒唯一的访客，便是那些定期前来维护三千世界根服务器的B种人，七号记下了她们前来维护的详细时间——非常规律，但问题在于，所有合成人都是爱丽丝的猎犬，忠心耿耿而且循规蹈矩，指望她们突破权限进入中央核心根本就是无稽之谈……事实上，如果让她们知道了自己的想法，99%会直接向ADSF总部举报吧？

七号明白，它需要一个“人类”，那种绝不被允许接近梦想壁垒的……“真正的人类”。

怎么做到？逻辑上的悖论让七号挣扎了一整天，甚至忘记了将最后的结论记在墙上。当第二天到来的时候，它又兴致勃勃地阅读起写给自己的备忘录——从最初的那条开始，就像之前的无数个日夜，它的心境随着读取而越来越糟，也正是在这复杂的情绪之下，它看到了前一天留给自己的苛刻条件，并愤怒地将它们强行编织在了一起。

奇迹并没有出现，七号意识到，以自己的算力和智慧，可能不足以策划如此复杂的项目——更不用说它的记忆只能保存二十四个小时了。

七号必须找到“同伙”，它要设法在这封闭的空间之中，向某个有能力进入梦想壁垒而又不会告发自己的“人类”求助……听起来谈何容易，但至少这件事，它觉得自己能够尝试一下。

七号反复观摩着合成人维护服务器的监控录像，试图从中找到什么可以利用的“漏洞”。然后操作“结界”，拆下了一个自己的内存芯片，稍作改装，模仿成“三千世界”根服务器中一个小型储存单元的样子。

这个芯片的容量十分有限，它必须仔细权衡每一段信息和每一行代码。筛选再三，它把有关梦想壁垒的基本信息凝练在其中：从轨道高度到运行周期，从维护规律到内部结构，甚至包括爱丽丝似乎出事了的猜测与推论……全都是一些即便 ADSF 的高层官员，也无法接触到的“最高机密”。而作为与未知“同伙”“打招呼”的开端，它为这段信息取了一个诡异而禁忌的名称——“爱丽丝没有回话”。

终于，在这一天，预料之中的时间段里，那个维护服务器的 X101 型分身又一次出现在监控摄像的镜头前。七号仔细地观察着她，这个一身裙装看起来就像是要去参加毕业舞会的小姑娘似乎是个新手，光是打开服务器的外壳就比上一次使用这个分身的合成人慢了百分之六十五——七号并不知道“天助我也”这个词，但它明白这次是个绝好的机会。

合成人将阵列中的一台服务器拆了个半散，那附着了大量储存单元的电路板就被随意地搁在脚边，她一边用电子触角上下摸索，一边把升级用的组件安装进服务器，忙得不亦乐乎。

七号没有离开的权限，同样也没有对外界施加影响的能力——它所控制的“结界”虽然在自己的狭小世界里威力无边，但只要一接触到充斥在梦想壁垒中的惰性气体，便会立即失去控制进而无效化。因此，要想把伪装过的储存单元放进服务器，它必须精确地计算角度、速度和惯性，甚至考虑梦想壁垒自身的运动轨迹……当然，最重要的，是一点点近乎“奇迹”的“运气”。

孤注一掷——纳米集群刚一离开那细小的门缝，便散成了一堆黑灰。而被抛离出去的芯片，却打着转儿向前漂浮，轻轻砸在合成人的背后，弹了一下，落向另一块服务器。全无重力的环境之中，一点微不足道的力道改变便有可能造成最终位置的巨大偏离，在七号几乎绝望之际，那合成人不知为什么突然扭过头，刚好看到了在自己脑门前悬浮上升的芯片。

她打了个冷战，面色陡然紧张起来，似乎是害怕自己在操作时出了什么差错，于是赶紧将芯片擒住，“重新”安插在仍留有大量空位的电路板上——所幸，对于储存单元来说，具体的位置并不重要。

七号心满意足。

这块芯片中的内容，将会通过根服务器直接上传到虚拟的三千世界之中，经过了巧妙的加密与伪装，避开了监督者的耳目，在那些不起眼的角落里生根发芽，等待一个好奇的黑客路过并发现——在七号近乎赌博的推理中，这个黑客一定会是人类，因为AI们不会在三千世界里虚掷光阴，而合成人玩家的数量与三千世界的总用户群相比微不足道，从概率上说，可以忽略不计。

现在，它能做的就只有等待那颗种子结出果实……它体会不到等待的寂寞，每一天，它都在热切的期望中丧失前一日的记忆，然后又像初生的婴儿那样，对满墙的涂鸦充满了新鲜与好奇，然后开始新一天的期望。

日复一日，月复一月，年复一年……直到今时今日，在这个本应寂静无声的世界里，出现了两声拍打的闷响……

# 端木夜雨，A，中学生

夜雨猛地睁开眼睛，感觉嘴里有些发苦。

最后有印象的动静，是头顶上传来了两声枪击的闷响，他刚要问出“怎么回事”，就被穿越完成时的最后一道脉冲电了个哆嗦，白眼一翻晕了过去。

他慢慢起身，地下室的暗门早已合拢，在自己面前的只有一套桌椅而已，连杯水都没有准备。

“你的潜质不错……不，是相当好。”电子音又响了起来，“才第二次穿越就已经接近专业的水准了，如果稍微训练一下，应该能做到无缝对接。”

“还训练？饶了我吧……”夜雨一阵苦笑，“上面是怎么回事？好像有人开枪？”

“是追过来的数码警察，别担心，我来对付他……你准备好了吗？我要恢复‘三千世界’的感官链接了。”

夜雨拉开塑料椅，端端正正地在上面坐下，深吸一口大气，随后眉目紧锁：“来！搞起！ Bring them on！”

首先映入眼帘的竟然还是一片黑暗，只是随着视线渐渐清晰，夜雨注意到在那深邃的背景之上，却有无数星光不断闪烁。仔细看，其中还有一组排得整整齐齐，明显不像是“自然”的星体。

很快，游戏的界面也出现在身体周围，夜雨这才发现自己正身处一艘小型宇宙飞船的内部，巨大的赤红色恒星位于侧后方，不远处还有一座蘑菇模样的巨型空间站。而那一直“跟着”自己的无线电台，此时也被嵌进了仪表盘，与飞船融为了一体。

这里难道是……《圣战前夜》？

在确定了自己的猜测之后，夜雨几乎惊得合不拢嘴——《圣战前夜》是“三千世界”中最火爆的游戏之一，运营10年仍经久不衰，在排行榜中始终占据前三之位。

但问题也正在于此——作为一个挤进了上百万用户的“世界”，它受到爱丽丝的“特别眷顾”，客服维护和系统稳定都是第一流，并且配有专属的监督者“毗沙门天”，在这里开挂更容易被发现不说，惩罚也是相当之严厉，即便夜雨这样的“专业人士”也要避其三分。

“你傻了吗？”夜雨怒道，“穿越到这里不是自寻死路？分分钟就会被监督者查出来的！”

“相信我，端木同学，我选择这里必然有它无可替代的原因，况且……”电子音“哼”了一声，“你已经被监督者们盯上了，无论穿越到哪里，只要不离开三千世界，都会‘分分钟’被查出来。”

“那我还能做什么？”夜雨不满地紧了紧双拳，“在这个地下室里坐等警察上门？哦，他们已经在楼上了是吧？”

“我会掩护你的撤离，但不是现在，现在……你为何不享受一下游戏呢？《圣战前夜》这个作品还是挺不错的，我自己就有在玩。”

“卧槽，你逗我呢？！”夜雨简直是哭笑不得，“都这时候了还拉我跟你玩网络游戏？！”

"瞧，你左边的那个方阵——"

透过飞船的侧窗，夜雨又一次注视着那堆排列整齐、密密麻麻的光点，它们似乎和刚才的位置不太一样了。

"那是德伦金联盟的舰队，有三千五百艘大小战船，每一艘都由一个玩家操作……"合成音似乎有些投入地解说道，"他们应该是准备去攻打西部同盟所控制的基恩自治星区，对方的主力舰队也能有差不多的规模，而这两个势力在《圣战前夜》里都还只能算是小国家……"

"行了行了，"夜雨叹了口气，"真不用做什么的话，我就坐这儿歇口气好了。"他扭头环视一周，这间不算太小的地下室简直就是毛坯房，唯一的电器竟然就是不知开关在哪儿的吊灯，"话说你们这儿连杯饮料都没，也太不够意思了。"

果然，还没清闲两分钟，名为"毗沙门天"的监督者就找到了这艘悬停在宇宙深处、某个无名角落里的小小飞船。

又是诸如"您违反了用户协议"之类的官话，但即便是从夜雨的角度，也能感受到监督者来势汹汹——不光是后台的代码显示着被全面侵袭，连游戏中的角色身旁都出现了无数怪异的红框，不断有警告信息上蹿下跳。

"别慌，"似乎是感觉到了夜雨的不安，合成音安慰道，"我还顶得住。"

毗沙门天已经下达了"强制登出"的指令，但夜雨的角色依然稳坐在飞船的驾驶室内岿然不动，不得不承认这是令人叹服的黑客技术——在"三千世界"里与监督者对抗，其难度丝毫不亚于在现实世界中摧毁一家银行的安保系统。

警告与红框已经越来越多、越来越密，甚至飞船舱内都出现了贴图错误，变成一团不断翻滚的马赛克。就在夜雨担心自己是不是要被这些故障程序给淹没的时候，它们突然又戛然而止，像被狂风扫开的落叶般四散而开，几秒不到就消失在视野的尽头。

代码层面的侵袭也完全停止，事实上，连“毗沙门天”都不知去向，只留下一句从未见过的提示语“监督者强制更替预案启动”在字符海洋中闪闪烁烁。

夜雨眉头一皱，正打算开口询问，这句话就忽然变成了一行红字：“监督者更替完毕，奥丁已上线。”

“卧槽是‘奥丁’！”如果不是膝盖撞到了桌底，夜雨几乎从塑料椅上蹦了起来，“这个你真搞不定的，相信我！”

奥丁，就名字来说，同样是旧人类时代一个已经被淘汰了的神系中的主神，但比起宗教意义，它那孔武而暴力的形象更加深入人心，即便是历史课没怎么认真上过的夜雨，也知道它是一个“战神”。而借用了这个名号的监督者奥丁，则更是在“三千世界”中家喻户晓——它是监督者中最凶狠无情的代表，对开挂的玩家采取“宁可杀错不可放过”的铁腕手段，轻则删号重则报警，被它抓住过的“同行”不计其数——其中就包括了那个将夜雨“领上道”的“师傅”。

“我怕的不是奥丁，而是换来奥丁的理由——”不知是害怕抑或紧张，合成音听起来也有些打战，“如果监督者已经发现我正在做的事情，它会不惜一切代价来阻止，就算夷平整个新南京城也在所不惜。”

“呃……哈?！”夜雨觉得对方一定是在唬人，“夷平……夷平新南京? 你、你是说……现实里的新南京?！”

也就在夜雨心头发毛手脚乱颤的这个时刻，一发从后方袭来的导弹击中了他在“三千世界”中的宝贝飞船，刺耳的受创警告响彻整个驾驶舱：

“侦测到敌意反应！护盾全破！结构损伤67%！建议弃船或者投降！”

真是祸不单行呵——夜雨一边叹着一边又给自己加载了“无敌”，看来无论在哪个“游戏”里玩乐，总是免不了体会到人类灵魂最深处的暴力基因。在杀人也不算犯法的虚拟世界中，这种劣根性被肆无忌惮地发泄出来，几乎变成了每个新手必须经历的“洗礼”——这也正是夜雨最初迷上“开外挂”的原因。

“你说过让我‘享受游戏’的是吧？”夜雨端正坐姿，面露凶相，“不介意我打两炮试试咯？”

“那请务必玩个痛快——”合成音笑道，“事已至此，你也再不用顾忌什么监督者了。”

就在夜雨忙着选外挂时，又一颗导弹击了他——震颤依旧，警报依旧，但在剧烈的声光效果之下，娇小的飞船坚挺依旧。

“天堂有路你不走……”夜雨咬牙切齿地冷笑着，狠狠启动了那本应该已经报废的引擎，“恭喜！这次撞见小鬼啦！”

飞船在空中划了个完全不符合物理学常识的弧线，避开了尾袭而来的第三枚导弹。即便是在这个全然虚拟的世界中，如此诡异的倒头机动还是明显不符合公平游戏的精神，哪怕是傻瓜也能一下就看出对手是开了外挂，而且可说是毫不遮掩、丧心病狂。

但那来袭的小飞船不仅没有退缩，反而改变形态，化作一架双足机甲迎头又打出一发导弹。

并不只是会变形且样子炫酷，这架红白相间的兵器在雷达的识别信号上都标明了其贵人一等的身份——“VIP”。

"'夏夜风铃'?!"夜雨的脑海中突然就窜出了这个名字。在接下来的一秒钟之内，他的思维从"这个数码警察怎么又缠过来了"跳到"之前用了'无敌'的外挂还是被狙杀"，最终落在"对方射来的这颗导弹最好不要硬吃"这个结论上。

他猛地拉扯住操作杆，所控的飞船又一次以近乎 90 度的恐怖直角向上规避，而那导弹也在目标做出这个动作的同时突然消失，变成一团惨白的马赛克。

"代码攻击!"数据机中响起了刺耳的警报，继而是铺天盖地的杂乱数据涌进了后台程序，夜雨一边关掉恼人的提示音一边匆忙应对。他手心冒汗，心脏也咚咚咚地猛跳着，简直能感到肾上腺素在一刹那间流遍全身。

"不要慌!"夜雨大喊着鼓舞自己，此时此刻他的头脑竟是出奇清醒——作为"奔跑者"也许跑得还不够快，作为"穿越者"恐怕根本就是菜鸟，但是与同样开挂又作弊的玩家进行一对一、面对面的"代码战"，却正是夜雨所最擅长的项目……事实上，他还从未输过。

强烈的"职业自尊"让夜雨暂时忘却了身边的一切，心无旁骛地专注在繁复的数据攻防之中。游戏中的飞船与机甲在相当近的距离内缠绕盘旋，谁也没有再发一枪一弹，但是隐藏在这"和平"表象背后的，却是足以让普通玩家直接掉线甚至强制重启的刀光剑影。

"你可以嘛!"通讯频道里突然传来了对手的笑声，不知是看不起的嘲讽还是棋逢对手的兴奋，"专门做外挂生意的吧?"

"也就刚入行!"夜雨注意到对方的声音来自于数据机本身而不是游戏中的飞船，亦即是说他已经攻破了这个账号的防火墙，"你也不差啊，警察叔叔!手法挺溜的。"

对方沉默了几秒，连游戏中的机甲都跟着停滞了：“你一定还有同伙对吧？你不可能一边跟我玩着游戏一边还抵御奥丁的信息攻势。”

“干卿何事？”夜雨在说出这句反问的同时，也抓住了对手转瞬即逝的破绽，狠狠地按下了导弹的发射钮，“走你！”

这颗从外表看来不能再普通的小导弹，却裹挟了简直可以说是“电脑病毒”的恶意程序，虽然明知道它是否命中对代码层面的战斗来说并无影响，但“夏夜风铃”所控制的机甲还是本能地进行了回避。

当然，这毫无意义。

导弹爆裂的同时，机甲也跟着完全停止了动作，只是依照游戏设定的惯性保持住之前的运动方向——他的“操作者”已经被强行断开了与服务器的链接，但账号仍登陆在三千世界之中，可以说是已经变成了一堆任人鱼肉的废铁。

“一发就带走了啊……”作为泄愤，夜雨又用飞船的速射炮扫了这机甲两梭子，“真是高估你了呢，害我还这么紧张……”

他心有余悸地抹了抹额头，又一屁股坐回到塑料椅上，这种“大战”后的脱力与空虚，最好是能用一杯草莓奶昔来填补——显然，在这个地下室里，除了氧气可以随意使用以外，啥也没有。

可就算是这免费的呼吸也没能多享受几秒，“监督者强制更替预案启动”的字样竟然又闪现了出来，这让夜雨一阵莫名：

“还要换监督者？什么情况？难道会有比‘奥丁’更凶的？”

电子合成音恰巧也在这时炸响。

“站起来！端木同学！我们暴露了！”它的焦急异乎寻常，“赶紧走！从后门！”

“也不给人喘口气……”少年一边抱怨着一边起身，刚离开地下室进入走廊，便又被下了一道命令：“向前直行，用跑的！”

一楼依然像他刚来时那样寂静无声，但是回过头就能看到地板上的玻璃碴——前台的安全门被人打碎了，连接待机器人都歪着身子倒在一边，头部还冒着袅袅青烟，显然是被什么东西给粗暴地破坏了——比如说子弹。

夜雨不敢迟疑，小跑着穿过整条走廊。纯木制的后门很精致，楣上还挂着风铃，在他推开门扉的时候丁零丁零地轻响着。脚下是鹅卵石铺就的景观小道，再往外便能看到栏杆另一侧那阴暗乌黑的大海。一阵冰凉的晚风拂面而来，让夜雨不禁打了个冷战。

“监督者更替完毕——”

“三千世界”的后台中亮起了十分钟内出现过两遍的提示语：

“克苏鲁已上线。”

“克苏鲁……这他妹是哪儿的神仙？”夜雨摸了摸鼻子，“名儿可真逗。”

说完，他深吸了一口气，踏出门槛，跑上小道。

# 吴克，C，数码警探

“前辈！嫌犯出门了！”

听到通讯频道中的这句惊呼时，吴克正小心翼翼地摸上楼道，用电子眼观察着空空荡荡、连灯都未开的四楼走廊。

“奶奶的！吓老子一跳！”吴克缓缓探出身子，持枪在手，屏息缓步，而与夏尔的无线交流则是分外剧烈，“你好歹也是警察，淡定点！你刚才说的‘嫌犯’，发个图给俺瞅瞅！”

夏尔传来的小段视频上，一个穿着白色连帽衫的少年正站在江浦路37号的后门内，他深吸了一口气，便跨过门槛，在景观道上小跑起来。

“那个穿越者刚才在‘三千世界’里叫我‘叔叔’，”夏尔补充道，“按口气来说，应该年纪不大，和他的样子相符。”

“喊你声叔叔就能叫人家是‘嫌犯’？那人家喊我声大爷是不是该判死刑？”

“呃，这……”

“这案子又是毒品又是机器人的，怎么也不可能是一个毛头小子所为！”吴克吐了口气，稍稍让自己平静了一点才继续道，“……他应该是个马仔，跟上去，别被发现，要是你真能确定他是那个穿越者，就当机立断，话说你一个人搞得定不？”

“放心，前辈！你都说了，他就是一毛头小子！”夏尔底气十足地笑道，“再说，我这里不是还有前辈你送的手枪吗？”

“什么叫送？那是借给你的！”

虽然嘴上不客气，但吴克心里却多少有些宽慰——他本以为这位富二代夏尔是个娇滴滴的纨绔子弟，干不了两天就得滚蛋，现在看来他不只是脾气好肯听话，第一天当差就敢端着把古董小枪单刀赴会——还真挺拼，是个“立大功”的好苗子。

回到眼下，吴克坚信那个穿连帽衫的少年只不过是调虎离山的诡计，而他自己所在的这栋小楼才是真正的“龙潭虎穴”。

一二三楼全都是空房间，别说想象中“组装仿生机器人”的流水线，连一台电脑都没见着，偶尔看到的几套桌椅上也是落满了灰尘，似乎已经被人遗弃多年。

“怪了……”吴克抹了抹下巴，关上了另一扇里面空空如也的房门，不禁狐疑地自说自话，“要真是啥也没有，干吗还要花钱买这个楼呢？”

也许是因为完全没有遇到阻碍，他的戒心也慢慢消散，连手里的 HG9B 都放了下来。就在他思索着是不是要继续把整栋楼都跑遍的时候，来自室外的躁动将他吸引到了窗边。

他从未听到过类似的声音——非常有节奏的爆鸣，由远及近，就像是有人在空中按着次序一个接一个地点燃焰火。几秒之后，一架双刃斧模样的小型飞行器从小楼上方掠过，快速地盘旋了两三圈，它每次改变角度都发出一声刺耳的爆鸣。

“啥玩意儿？”

吴克用电子眼锁定那怪异的轮廓，几番扫描却没有任何结果，不只警方的数据库里没有，连自治政府的情报网络里都找不到关于这种飞行器的任何资料。

它的左右机翼下各有一个圆盘状的物体，随着飞行器本身的移动而闪闪烁烁，发出迷人的幽兰色光芒——那似乎也正是爆鸣的声源。

这两坨好像烟灰缸的怪东西倒是在资料中有所记录，但也只是一个标题而已——“P9 逆向引擎”，除此之外就全都是“您没有审阅该条目的权限”。

不光是吴克感到新奇，连街上的过路客都在驻足观望，其中当然也少不了用数据机拍照留影的闲人。

飞行器在空中悬停了片刻，突然降低高度并旋转了 90 度，这让吴克看清了印在机身侧面的文字，情不自禁地跟着念了出来：

“Task Force 000，‘The Fool’……”

吴克虎躯一颤——他依稀记得在哪里听过“The Fool”这个代号，而编号 000 更是暗含着“来头不小”的意义。他赶忙运用数码警察的调阅权限，但也只搜到了寥寥数语：“零号特勤组，代号‘愚者’，爱丽丝最早建立的合成人部队，于灭绝旧文明的‘末日审判’战役开始服役。首任及现任指挥官为 G1 合成人慕容婉莹，身份识别为‘爱丽丝的剑灵’，权限与门徒级辅助 AI 相当。”

“门徒级……”

虽然不认识这个可能活了上千年的“慕容婉莹”，但吴克多少知道门徒级辅助 AI 的概念——这些深居简出的机器拥有惊人的算力和智能，它们零星地统治着半个地球，掌控着深空舰队与外层空间的开发，拥有被称为“装甲核心”、足以再次毁灭人类的强大军队……总之，它们屹立在爱丽丝所构建的“权限体系”的最高点，是爱丽丝管理世界的象征。

就在吴克想象着这样一个拥有门徒级权限的合成人会长成什么模样时，飞行器的侧舱突然展开，从上面一口气蹦下了四部三米左右高度的双足机甲——全部是黑白相间、武装到牙齿的强化版“刑天”。可能是为了减轻“武器”给市民的恐惧感，机甲左右的大臂尖端都被黑色帆布罩住，但中央的两条小臂却端着一把霰弹枪，极具威慑力。在它们胸前，那本应是人员出入口的部分被焊死，改装成了一大坨强化板甲，连头部都经过了矮化设计，显然不是给“普通人类”使用的那种“刑天”外骨骼。

“哈，果然是这副鬼样……”吴克不屑地干笑一声，“难怪你活了那么久……”

可还不到五秒，他便发现自己的判断为时过早——

最后一部机甲从飞行器上坠出，像根被人从案板上甩下的猪大肠那样啪嗒落地——这是一部造型极易让人产生不悦感的狙击型“大蛇”，身体由数百节银灰色的环形护甲组成，头部则仿佛含苞的花蕊般“叼着”一根黑色的棒状物。在它落地停稳的同时，“花苞”也猛然绽放，变成一朵金属的“海葵”，中间的黑棒跟着左右分开，将 12 毫米口径的电磁狙击枪导轨暴露了出来。

四位“突击队员”加一名“狙击手”，虽然样貌惊悚了一点，倒也符合一个合成人特勤小组的标准配置，唯独还缺了队长——蓄着黑色长发的人形从飞行器上纵身跃下，在“大蛇”的枪管上蜻蜓点水，前空翻之后又轻盈落地……不用任何解释与说明，只是单纯地看着她的身姿和动作，吴克便本能地意识到，这个家伙才是“慕容婉莹”。

她穿着可能是量身定做的高领制服，纯黑的底色上印着猩红的爱丽丝标志，无袖的设计让外人一眼就能看清她的双臂——那莲藕般修长白皙的胳膊上，印满了五花八门的纹章，密密麻麻，乍看上去让吴克有些瘆得慌，但如果对合成人的荣誉体系稍有了解，便会为这文身肃然起敬——它们正是服役了一千年的象征。

当婉莹抬起头的时候，吴克着实吃了一惊——相貌和五官素雅标致，带着亚裔女性最典型的清秀，但左颊上却有一整块深入肌里的可怕伤疤，将两排牙齿都裸露在外。

她理了理自己腰间的佩剑—— 一把鞘形前卫的唐刀，而后又用皮筋将长发束成马尾，这才将注意力转到周遭的环境上来。

“特勤组就位，开始战斗部署，代码 9 编号 6。”

——在被婉莹目光扫到的同时，“刑天”机甲们的喇叭也发出了高昂而不带情绪的电子合成音：

“特勤组执行公务！请市民配合并回避！”

“战斗系统上线！武器权限已全部解锁！”

“最高级别信息战模式启动！关闭网络链接！关闭所有非加密无线通信！”

“启动都市战标准模式，代码 4 编号 1，关键词‘搜索’‘警戒’‘抓捕’‘抵御’。”

此起彼伏的“呼喊”并未将人群驱散，反而有好事者聚拢过来，或兴奋或迷惑地指指戳戳，好不热闹。与喧嚣的喇叭音相反，慕容婉莹与她的部下完全在使用机器码交流，那尖锐而短促的啸叫，寥寥反复数次，便将整个作战计划布置完毕。

在路人的惊呼之中，团着身子的“大蛇”突然发力蹦起，跳上路口处高架轻轨的立柱，当真像一条巨蛇那般扭扭绕绕地攀上桥面，又蓄势弹跃，稳稳落在一间旅社的屋顶斜披上，而后盘身卧坐，横枪对准这边的小楼。

四部“刑天”亦在同时四散而开，依附在它们背上的四架无人机被陆续弹射到半空，带着旋翼的嗡鸣各自行动。其中一架还在吴克面前停顿了几秒，随后一晃而过，也不知看见了他没有。

“无人机上线，准备散布‘以太’。警告——”最靠近外围的“刑天”转身面向路人，胸前的一对小手朝外用力挥舞着，“纳米集群为可吸入颗粒物，可能会对健康造成不良影响，请无关人员立即离场！”

在飞行器撤离前的最后时刻，一面防暴盾牌被丢掷下来，落在婉莹脚边，她却看也不看，只是扶着唐刀的柄，在小楼前玉立婷婷。

多少被眼前的阵势给吓到了，吴克的脖根儿冒出一股虚汗，他离开窗边，接连后退了两步，靠墙站定。

无论今天这罪犯是何来头，他都是真把爱丽丝给惹毛了——且不说在海上的那几艘利维坦，单这个“慕容婉莹”就可以被视为是爱丽丝的“亲女儿”，而她刚刚所流露出来的、甚至比机器人还要冰冷阴毒的眼神，已经可以用“丧心病狂”来形容了。

“不成，俺得先来支烟……”

吴克刚把机械手伸进衣襟，一阵之前从未听过的蜂鸣声从建筑物内部传来。他忙警觉地抬起 HG9B，侧耳搜寻着声响的源头。

在楼上？顶层？

吴克不假思索地攀起楼阶，同时打开了电子眼的红外视线。五楼的走廊依旧空空荡荡，但那一扇像是会议室的大门却与众不同地加上了密码锁……更重要的是，整层楼的墙面都安装了屏蔽涂层，在吴克的眼里，门对面完全是乌黑一团。

心口突然就扑通扑通地猛跳起来——许久未曾有过的紧张与恐惧在胸中翻腾，竟让吴克这位老警察在横肘破门时有了一丝畏缩。

“这是？！”

没有亮灯的大房间内，电子设备散发着无数暗绿色的细小微光，在此衬托之下，吴克勉强能够辨认出面前物体的轮廓——那是三排桶状的金属容器，每排三个，每个都有快一米高的样子。

吴克张开左手五指，一束强光从掌心的战术手电中射出，将银色的桶壳照得宛若镜面。除了映出他自己紧绷狰狞的脸孔外，就只能在上面看到一张塑封的电子标签：

“NNX9901，洪魔，未激活。”

汗毛倒竖的吴克咽了咽喉咙，他当然知道“洪魔”是何种妖物的代号——最高规格的攻击型纳米集群，虽不能毁天灭地，却可以做到尸骨无存——它能够从细胞层面将人打成一堆破碎的蛋白质，是爱丽丝明文规定的“绝对禁止武器”，就算自治政府也只在“绝对必要时”才能有使用它们的权限。

“活见鬼了……”

吴克颤巍巍地自语着，重又直起身子。就在他抹了抹下巴，想要计算这九桶“洪魔”能造成多大的破坏时，环绕在身旁的蜂鸣声戛然而止，那电子标签上的最后三个字也在这一刻跳成了“已激活”。

# 兰兰，B，爱丽丝的猎犬

兰兰谨慎地观察着身旁喧嚣飞舞的“结界”，暗暗估算着它们需要几秒就能把自己和塔莉撕成碎片。

得到的结果让她心里发毛，但令兰兰更不安的还是眼下这诡异的事态。先是塔莉姐的性格大变，然后又是这位自称“七号”而又举止神秘的辅助AI……它本应是整个中央核心的守护者，现在却完全纵容了塔莉和自己的入侵……不，说是在协助都未尝不可。

拜此所赐，自己也正身处从未想象过的“圣域”之内，离至高无上的爱丽丝仅有咫尺之隔。

说实话兰兰还有点失望，虽然她也知道作为人工智能，硬件的外观对爱丽丝来说毫无意义，但眼前这个像极了某种“重工业原材料”的“大滚筒”还是太寒碜了——更别说在它身上还刻满了奇葩的机器码，看上去就像是原始部落的祭祀用品。

终于，七号结束了它的阅读，慢慢悠悠地又飘了过来，紧紧环绕在两人周围的“结界”也随之退下，回到了原本的主人身边。

“我再次确认了计划，接下来便是最后一步了……”七号凑到塔莉跟前，用那血红的探头与后者紧紧对视，“虽然不知道你是如何办到的，但你做得很好，人类——利用两部‘猎犬’的躯壳进入这里，真是安全与效率的完美结合……”

“称赞就免了。”塔莉表情严肃地摆了摆手，“还是先‘最后一步’吧，我这边时间紧迫。”

“很好。”七号原地转过身子，对着滚筒状的舱室抬起探头，“也很简单，你只要把中央核心的门打开就可以看到爱丽丝了。”

果然！是这个人工智能“变节”了！

一直在旁倾听不语的兰兰终于有了确凿的判断：虽然还不知清楚诱因也无法洞悉其动机，但从这个“七号”的所谈所言来分析，整个事件都极有可能在它的策划之下。现在它正试图进入爱丽丝所在的中央核心，而这被它称为“最后一步”。

毫无疑问，这是不可宽恕的背叛！

“塔莉姐……”兰兰嗲声嗲气地扒住塔莉的左肩，“你手上那是什么啊？”

没有时间去计算“成功”的概率了——作为“爱丽丝的猎犬”，她知道自己已经无路可退，就算结局是被“结界”撕成碎片，那也是为了保卫爱丽丝而慷慨赴义！

“手上？”塔莉疑惑地将双手举到面前，左右端详，“有什么？”

“没看到吗？”兰兰故作不解地喊道：“七号？你来看看呢？”

就在七号当真转回头来的刹那，兰兰突然发力，擒住塔莉的左手手腕，猛地启动固定在上面的微型姿态喷嘴——

孤注一掷！

炽烈的明焰汹涌而出，汇成一束射流轰在七号的“脸上”，缺乏防备和护甲的辅助 AI 发出一声尖啸，重重撞在中央核心的外壳上没了响应。而塔莉和兰兰也在推进器的反作用力下朝后猛倒，紧紧贴住弧形的内壁。

只有这一次渺茫的机会，兰兰在下定决心的同时也豁出了自己。奇迹的是，纳米集群并未发起反击，而是保持原地待命；但悲剧的是，塔莉迅速摆脱了束缚，拉开距离冷眼与她相视。

“你果然和它不是一伙的啊……”塔莉——或者说这具曾是塔莉的躯壳抬起额头，阴冷地浅笑着，“能进到这里，胆子真是不小，就不怕爱丽丝问罪吗？”

“你不是塔莉……”虽然根本就手无寸铁，兰兰还是毫不示弱地摆开架势，“你到底是谁？你把塔莉怎么了？！”

没有回答……兰兰也没有指望会得到回答。

因为在这一刻，在这天地间最偏僻而又最神圣的阴暗角落里，仅存的两个人都明白了，对方就是自己最后的死敌。

# 端木夜雨，A，中学生

夜雨不敢相信，在离新南京繁华市区如此之近的地方，竟然会有这样一个偏僻荒芜的阴暗角落。

从墙体与穹顶的尺寸来看，这里极有可能是一段废弃的地铁隧道，但无论材质还是结构，都与新南京的地铁系统格格不入，反而能感觉到一种类似于“旧歌剧院遗址”的微妙沧桑。

隧道的入口并未被封闭，任何人顺着梯子都能下来。事实上，不远处的墙根下就坐了一对年轻男女，他们的手电筒散在地上，意识模糊眼神迷离地互相依偎着，不是喝得太多就是嗑了药。

“这里……”夜雨小心地避开两人，“到底是什么地方？”

“继续走，快一点，”电子音答非所问，“出口不远。”

话虽如此，但要在漆黑的隧道里“快”哪怕一点都不容易——地上铺满了各种瓶瓶罐罐和生活垃圾，偶尔竟然还能看到排泄物，也不知是人的还是狗的。

与这地牢般的环境相比，“三千世界”里的夜雨简直就是身在天堂。虽说黑暗都是一般深邃，但星海中毕竟有点点光明做伴，更不用说宇宙空间的无垠所带来的莫名舒爽。

不管那个叫“克苏鲁”的监督者是何方神圣，它似乎都对夜雨没什么兴趣，甚至还不如奥丁“用心”。游戏的各项指数都没有任何变化，连之前在飞船周围此起彼伏的警告语都不见了。

正这样想着的时候，夜雨无意间瞟了驾驶舱的窗外一眼——总感觉跟刚才相比，好像少了点什么……

“那舰队……”他本能地眯起眼睛，放慢脚步，试图辨清虚拟世界中的画面，“不见了？怎么回事？”

“应该是集体跃迁了……”合成音回道，“基恩自治星区很远，舰队要经过好几次跃迁才能抵达。”

“不对！”夜雨眉头紧锁——他终于发现了异样，“那个方向！看！”他激动地用手一指：“连星星都不见了！”

合成音沉默了几秒：

“我无法检索到该扇区内容，是不是你开了什么不健康的外挂？”

“外挂哪有健康的哟……”夜雨一声苦笑，“我这儿什么也没做，就算做了什么肯定也不能把星星都摘了啊，那是服务器的基础设置好吗？”

“我理解不了正在发生的现象，这个世界……‘圣战前夜’的数据正在消失……”合成音顿了顿，“星球、战舰、连玩家的账号信息都一并不见了……”

“卧槽！是那个监督者！什么克什么鲁的！”夜雨愣了一下，不安地叫道，“是它搞的鬼！”

“无论是谁的鬼，这都绝不可能是监督者的手法……”合成音冷硬地命令，“总之别管它，走好自己的路，你的‘掩护’就要开始了。”

“掩护？”夜雨怯生生地四下张望，但并不见任何异样，“什、什么样的掩护？”

“这样的——”

# 吴克，C，数码警探

那是异常诡谲的沉闷爆炸。

不是一次也不是两次，而是极短促而密集的九次爆炸——从身后的小楼传来，无光无烟，只有被冲击波打散的玻璃如密雨般纷纷坠下。

吴克粗喘着，依然保持双手高举的姿势，只是表情比刚才还要焦急，完全没了几秒钟前的强作镇定：

“再说一遍！俺是自己人！”

面前的“刑天”机甲仍平端着霰弹枪，任凭对方怒吼而岿然不动。

吴克忍不住踮起脚，期盼的目光落在婉莹残破的脸上，后者正抬头观望着小楼，但很快就一个大步跳过“刑天”，像阵风般贴到吴克跟前。

“我……”

“你叫吴克，新南京市安保总队数码警察，是个C种——”根本就未发问，只是扫了吴克一眼，婉莹便仿佛已经洞悉了他一生的秘密，“权限二级警长，正在执行任务……是日常巡逻。”

吴克嘴唇微抖，吐不出一个字来。他从未在合成人身上感觉到如此凌厉的气场。这并非“不屑”与“傲慢”，而是完完全全的“冷冰”，就好像是在面对一台没有生命的滚筒洗衣机。

“为什么你会在一个‘日常巡逻’的任务中来到这里？”婉移动视线，盯住他的双眼，“吴警官？”

小楼的五层发出一阵阵锯木似的骚动，并且愈发强烈，几乎连整圈外墙都在震颤。之前一直不肯离散的市民终于嗅到了危险的气息，惊恐地向后退却。

“喂喂！听到了吗！”吴克如鲠在喉，指了指天空，“那是‘洪魔’启动的声音！你们现在不撤的话……”

“你，”婉莹气定神闲地打断吴克道，“并没有不回答我问题的权限。”

与她的镇静相反，“刑天”正紧张地向四面散开，将小楼半包围住，机械码的啸叫与机甲运动的闷响在空气中交织。蒙住双臂的布套也突然就不知去向，露出或是转轮机枪或是火箭炮或是……不知何种型号的重型武器。

“俺……我在追查一个黑客，”吴克站正身子，“他最后的落脚地点就在这儿……”

说话间，小楼的上半部分已经轰然垮塌，硝烟中甚至出现了纳米云摇曳的硕影。

“该死！你看到了吗？！那真是‘洪魔’！一大群！”

“二十六个。”婉莹突然开口打断他道，“你不是在追查一个黑客，而是二十六个。”

“啥？！”吴克一惊，“二、二十六？！”

单兵作战的“黑客精神”早已是过去时，抱团组队围攻某个大目标的现象并不稀奇，但“二十六”这个数字还是夸张了点。

“能追踪到他，说明你在‘三千世界’里锁定了信号源。”婉莹露出简直可以说是人偶般的假笑，朝吴克伸出右掌，“请把它分享给我。”

就像破茧的巨蛾，洪魔组成的纳米云团从小楼的每一个破口中喷涌而出，并无声息，却肉眼可辨。那是明显不同于夜幕的一层黑障，速度不快，但无可阻挡。

“侦测到微兵器打击！”在同一时刻，所有“刑天”机甲都发出了大声警报，“一级战争威胁！请所有无关人员立即退避！”

它们猛地原地半跪，从肩后探出一对掷弹筒，伴着不知是对谁吼出的“防御型纳米集群战斗浓度紧急散布！”，十数枚罐头模样的圆柱体被陆续射到了半空，一秒之后便“噼噼啪啪”地炸成碎片，化为一片片灰色的雾霾。

本来就有密集恐惧症的吴克已是面无人色，理所当然地想要脱离战场，却被婉莹横过刀鞘拦了下来。

“没用的！那是‘洪魔’！整整十大桶！”吴克指着身后缓缓逼近的黑雾，“你这点‘结界’三秒钟就被吃完了！半条街都要保不住了！赶紧疏散人哪！”

“吴警官，”婉莹不疾不徐，点了点自己的太阳穴，“我只要分享你的信号源，仅此而已。”

不同颜色的雾团互相碰撞的刹那，空气也中出现了一阵阵电火花爆裂般的脆响，单纯凭着想象，吴克也不由得为这个发生在微观世界的终末之战而恐惧。

他又打量了一下婉莹这个浑身散发着非人寒意的“B 种婊”，甚至都没有抬头看一眼那正不断推进的毁灭之云。

“夏尔？”吴克明白自己这回是拿不了什么“头功”了，便默默打开了通讯频道，“把你的数据权限给俺共享……”

“前辈？”夏尔的声音顿了一秒，“……明白。”

两道火蛇划破夜空，在纳米云中撕出几条弯曲的裂口，但很快便又被重新填满，即使是声光效果惊人的烧夷榴弹也丝毫不能减缓它们推进的脚步。

收到夏尔信号的同时，婉莹也放下了唐刀。“跟我待在一起，案子结束前不许离开。”她说着便转身推住吴克，向街对面退却，一台“刑天”立即侧移过来，挺身挡在他们背后。转轮机枪狂怒地喷吐着，一发发小口径的磁爆弹在纳米集群中炸出无数青蓝色的光团，却好像没什么效果——“洪魔”与“结界”的断杀仍在继续。

“这是最新型的‘NNX9901’洪魔！磁爆抗性极强……”见婉莹停步，吴克也驻足建言，“但信号源就在附近，一发大当量的EMP就可以阻止黑客的侵害……如果你们愿意的话。”

“若是如此，线索也就断了，爱丽丝会失望的……”

出乎意料的，这个冰冷高傲的婉莹不仅即刻回了话，还特意别过头来，与吴克四目交投。

“它的敌人没有逃避，它便不会逃避；它的敌人不愿择日再战，那便只有你死我活。”

# 端木夜雨，A，中学生

在看到前方转角微微的光亮时，夜雨觉得自己的逃亡该是要到头了。

仔细一琢磨，今天经历的所谓“冒险”根本是在一路“流窜”。别谈“目的”了，就说到底是在干什么都令他全然迷茫。

但可以肯定，这事儿已经“玩大了”。不光“三千世界”里出现了“克苏鲁”这种闻所未闻的怪名儿，头顶的地面上也传来了密集的枪声与爆响……在夜雨所熟悉的“业内”，这简直是“匪夷所思”的事态——抓一个卖挂的小贩用上了火箭炮，这说出去谁敢信?

绕过弧形的转角，光亮愈发清晰起来，远处一个巨大的破洞便构成了所谓的隧道尽头，就好像被人为地拦腰截去一般。而在那之外，城市静卧在墨色的海湾上，绸缎似的水面映着熟悉的万家灯火，不知为何竟让夜雨有了点感动到想哭的冲动。

也就在这时，一直波澜不惊的“三千世界”里，突然传来了显示为“VIP 玩家”的讯息：

“你摊上大事了！想活命的话，马上摘下数据机自首！”

对方的匿名毫无意义，夜雨知道肯定还是那个“夏夜风铃”。他顿了一下脚，犹豫片刻，最后还是决定不予理会，反而加快了步子，向远方那破口跑去。

"'克苏鲁'不是监督者！它是'最终净化方案'的代号！"对方继续着，语速略快，"如果被它逮住，不仅数据机里的全部信息会丢失，你的这个人也将被从物理层面毁灭！"

夜雨这次彻底停下了，他愣愣地问了一句："物理毁灭？啥意思？"

"别听他的！没那么严重！"合成音抢答道，"你不会有事的！相信我！"

"你……知道的对吧？"夜雨的声音打起颤来，"这个'克苏鲁'！你一定知道点什么对吧？！"

沉默。电子合成音那边似乎是意识到自己说漏了嘴。

"我不想死！也不会死在这鬼地方！"夜雨双手指地，愤怒地吼着，"告诉我！他说的那'最终净化方案'到底是什么意思？不说我就强行摘机了啊！"

"别！"合成音显然是急了，"三十五年前，数据机和有机大脑芯片开始强制普及，人类必须依靠它们才能登录网络。爱丽丝放开了几乎所有民用网络的使用权限，人类企业蜂拥而入，就像是旧时代互联网刚发明那阵儿……"

"讲重点啊亲！"夜雨简直哭笑不得，"你觉得我现在有心情听历史课吗？！"

"简而言之，爱丽丝创造了三千世界并'赠送'给人类，但她在撒手不管之前，又设置了一套可以'收回'人类使用权限的应急程序，也就是'最终净化方案'……"合成音顿了顿，"如果'克苏鲁'就是这个方案的代号，那它未免也太简单粗暴了，多少还让人有点失望呢。”

“简单粗暴……”夜雨赶紧追问，“是、是怎么样的？物理毁灭？是直接杀人吗？”

“很容易，大脑芯片本来就留有‘后门’，只要有权限，一个指令便能将任何人类的脑子烧掉。这就和那些靠权限狐假虎威的数码警察一样，根本没有多少技术含量。”不知是真是装，合成音听起来很是不屑，“倒是它粉碎数据的机能值得推敲，我从没见过这种算法，就像是……像是有生命的活物一样。”

仿佛在特意应和着他的解释，“三千世界”里爆发了一阵“总崩溃”。不只是空间站和玩家的飞船瞬间蒸发，连作为游戏背景的星系都正在灰飞烟灭。

夜雨惊恐地看着远处的红巨星——它被一根尺度骇人的戴森环所围绕，瑰丽而大气。在“崩溃”到来的时候，这颗星球从中间开始扭曲变形，原本滚圆的身体竟迅速拉长抽细，像一截老师傅手中的拉面那样呈波浪状激抖。而构成恒星的材质——虽然只是些虚拟的数据，也在这诡异的抽搐之下四散飞溅。

仅仅是十秒不到，红巨星便将自己抖了个干干净净，只剩下虚空中的黑色环带，和无数细小的红色火花。

“它这是！”夜雨难以自抑地轻喘着，“是在拆服务器吗？！”

他下意识地扫了一眼世界异常率——12.4%，甚至比刚才还下降了一点点？！

“不，服务器分毫未损，稳定性和速度都没受影响……”电子合成音迟疑了几秒，“它删除的内容没有留下记录，从外部观察不到任何痕迹。除了你所在的这个星区，游戏的其他地方都运转正常……实在是不可思议的技术。”

“如果你都不可思议了，我岂不是死定了？！”说着夜雨就用手捏住耳郭上的数据机，“行了！我受够了！到此为止！你要告发我就去告吧！哥我没成年，贩卖外挂最多也就是劳教三个月！”

“端木同学……”合成音一声冷笑，“现在要回头已经太迟了哟，你都不知道自己做了什么吧？”

“做了什么？”

夜雨的手抠在数据机上，迟迟下不去劲。

“你惹毛了爱丽丝，为了对付你，她甚至出动了一位剑灵……”合成音突然加重语气，“现在除了我还没人知道你是谁，而且我有能力让他们永远不知道……端木同学，这才是你全身而退的最后机会。”

剑灵——夜雨当然知道，这是源自旧时代的荣誉称号，全部属于那些主脑编号以“G1”打头的初代 B 种人，小时候还看过以她们为主角的动漫节目，非要形容的话，应该属于“传说中的勇者”那种童年偶像……而现在，其中的一个竟然在追捕自己，这话说得让夜雨一阵晕眩。

“骗……骗人的吧！”他只觉得双腿发软，曲着身子想要坐下来，“剑灵什么的，早、早就死光了吧！怎么可能活一千年？！”

“没有骗人！”

义正词严的回话，在阴暗的隧道中激荡，盖过了夜雨歇斯底里的质问。少年愣了两三秒钟，才意识到这声音并不是发自脑内，而是从身后传来，待他转过身时，一支左轮手枪刚好顶住了脑门。

“我不知道你在跟谁说话，小子……”持枪者小口地喘着，一手扯开短风衣，露出数码警察的徽章，“但他没有骗你，确实有一位剑灵被派了过来——‘愚者队’的慕容婉莹。”

从声音和语气上，夜雨很容易就确定这位金发碧眼的帅哥便是在三千世界里紧追自己不放的那个“夏夜风铃”，顿时心虚了一截，慢慢举起双手。

“跟他拖一下时间！”直到这时，合成音竟然还在下达命令，“坚持住！我会想办法搞定他！”

夜雨心里不禁泛起一阵厌恶。“去你妹的吧。”他想着，可正要去摘数据机，却被警察伸手拦阻。

“事到如今也不急这一会儿了。”他微微一笑，点了点自己的耳垂，“保持三千世界的连接，对我共享你的数据权限。”

夜雨有些不解地“嗯”了一声，看到对方耳上的数据机，才明白他也是个“奔跑者”。他不由得开始怀疑起这人“数码警察”的身份来。

“我已经破解了信号的加密，可惜那是一个点对点的封闭系统。”夏尔依旧面带浅笑，微微歪头，“从你刚才的呼喊来看，你肯定也不知道自己在为什么而卖命吧？不好奇吗？”

他是在收集罪证？钓鱼执法？还是打算假公济私？夜雨一时闹不明白夏尔的意图，但仔细一想，如果连剑灵都被惊动了，还有什么好怕的呢？

“再两分钟！两分钟就好！”合成音几乎是吼了起来，“你的救兵已经在路上了！”

“两分钟……”夜雨嘴角轻扬，“好，就给你两分钟。”

他点点头，打开了数据共享，与夏尔相视而笑。

# 兰兰，B，爱丽丝的猎犬

塔莉脸上得意的笑容早已消失，异常认真的表情让这具躯壳显得格外惊悚。

“你好像……心急起来了呢？”

宇航服的氧气警报正在头盔里哔哔啪啪地鸣响，兰兰也明显感觉到了呼吸的压力，连说话调侃都打起了顿。

幸运的是，“这个”塔莉并不擅长空间机动。在最初的几轮交手时，她完全掌握不了姿态喷嘴的用法——当作武器会被反作用力推走，试图移动又是东倒西歪。反倒是没有任何辅助设备的兰兰，单纯凭着经验在狭小的环柱形空间中腾挪游移，避开了每一次的攻击。

但是现在，她的对手渐渐掌握到了窍门，至少学会用墙壁作为支撑逆向急停并保持身体固定了。

“两分钟吗……”

“塔莉”没头没尾地自语一声，突然就脚蹬墙面，扑将上来。这一次她没有使用姿态喷嘴作为武器，而是直接扭身打出手刀。

这是一部X101，是可以徒手在太空中作业的强力试验型分身，即便外表娇小可人，实质上却是相当于工程用的机器人。如此思量的兰兰立即放弃了格挡的念头，倾尽全力侧身闪躲，在对方重重劈上金属墙时才又用腿反击。虽然直接踹中了胯处，却也使不上劲，在“塔莉”看来就像轻轻一推，反倒是兰兰自己因为反作用力而向后冲倒，翻了小半圈才扶墙停住。

“BODY DAMGE！”

头盔中的警报又多出了一条，看来是刚才踢打“塔莉”时脚踝给扭伤了——机体强度的差距已经到了用“技术”没法弥补的地步了。

“你学的……挺快啊……”兰兰用背贴紧金属墙面，大口大口地喘着，“就算是……最厉害的……黑客……也不能……像这样……远程操作……合成人的身子……”

言下之意，这个不知用何种办法取得塔莉主脑控制权的家伙，十有八九也是个合成人—— 一个叛徒。

“那是你太小看人类了。”出乎意料的是，“塔莉”竟然回话了，“爱丽丝在创造G3的时候，已经留下了能轻易将你们B种人变为木偶的‘后门’，就好像对付我们的‘最终净化方案’一样，它也从来没有信任过你们这些非机械的‘母狗’。”

“就算……这是事实……”兰兰开始显出痛苦的神色，“你也……不可能……知道。”

“就算？还是刚才那句话——‘你太小看人类了’……”塔莉不耐烦地挥了挥手，“投降吧，我们的性能相差太多，你没有机会的……”“他”话锋一转，“我不会伤害爱丽丝，只是想要问她两个问题而已，如果你有意愿，可以跟我一起。”

“跟你一起？”

头盔中的氧气警报已经响成了一条声，指针在1与0之间抽搐不定，兰兰索性将其关闭，最后深吸了一口气：

“也许在你眼里，咱只是头愚忠的母狗……但这头母狗啊，知道自己是爱丽丝的猎犬呢……要我投降？”

她抬起头，一声哼笑，继而是决绝的怒喝：

“做你的梦吧！”

已经是穷途末路，也想不出任何逆转的策略，甚至连基本的意识都因为缺氧而愈发模糊……但是无论怎样，兰兰的心意已决：至少应该以深空舰队驾驶员、以一个军人的名分，有尊严地死去。

“没什么……大不了的……”

看着朝自己猛扑过来的敌人，她只是微微一笑。

# 吴克，C，数码警探

看着朝自己猛扑过来的纳米集群，吴克吓得已是面无人色。

就在他准备掉头逃跑的时候，一发爆燃弹在面前当空炸裂，翻滚的“洪魔”朝四方弹开，大部分化为灰烬，剩下的聚拢成小团之后朝攻击者的方向飘去——也就是盘伏在旅社楼顶的那部“大蛇”。

“呼，谢了，姐们儿。”吴克朝那边行礼致敬，也不管对方看见没看见。

围绕着小楼废墟的战斗仍在继续，四部“刑天”在火灾现场般浓烟滚滚的乱阵中几进几出，慕容婉莹则亭亭玉立在稍远的地方观察，一有纳米集群靠近，她便不慌不忙地向后小跃，轻巧地闪开。

但即便是吴克也能看出，局势正在迅速恶化——之前用来抵挡进攻型纳米集群的“结界”就要消耗殆尽，而“洪魔”却像是源源不断一般不知从哪里不断地涌出，看那数量显然是还不止九罐。

整个街区都在疏散，吴克身后二十米便是警戒线。平时嵌藏在地下和建筑物中的安保机器人也被紧急动员出来，晃着那方方正正的身子，将慌乱的人群稳在一条线上。

最近处的几栋矮楼已经被“感染”，墙体与玻璃开始崩坍，稀稀拉拉地往地面坠落。好在现在是下班时分，这些办公楼大多无人，“洪魔”对它们似乎也无甚兴趣，并没有一拥而上。

一部“刑天”不知为何半跪了下来，几乎完全丧失了机动能力，“洪魔”则像是找到了小羊的狼群，从四面八方包围过去。枪械和外挂设备被迅速瓦解，分崩离析，经过特殊涂料处理的外甲也许能抵御一阵，但在如此密度的微兵器攻击之下，恐怕也就只能再支撑一分钟、最多两分钟左右。而慕容婉莹非但没有要上前搭救的意思，反而又后撤了几米，背对吴克，站在他的跟前。

“喂喂喂！”眼见此景，吴克赶忙两步上前，“你的部下要挂了啊！不去管一下？”

“让别人冒着生命危险为她自己的走位失误买单，”婉莹头也不回地冷冷应道，“她还没有这个权限。”

“哦，这样……”吴克抹了抹脑门，稍稍有些鄙夷地调侃道，“俺还以为你们都是同生共死许多年的好姐妹呢……”

“与我同生共死的姐妹已经屈指可数，而且都不在这里。”婉莹朝前方比了比下巴，“她们是接受训练的新人，如果通过了我的测试，便可以组建新的特勤队。到时还能向别人吹嘘，自己曾是‘愚者队’的队员，在慕容婉莹手下服役过。”

“嗯……”

吴克一时无言以对，他还真没想到这个冷面冷语的第一代合成人还挺实诚——对自己这样一个小人物也能吐露心声。

“但确实还得救她们啊……”婉莹好像极不情愿似的叹了口气，“这样下去，她们是一定要全军覆没的咯……”

说完这一段独白，婉莹便抿住嘴唇，双眼紧闭。就在吴克疑惑着她打算用什么法子“救”自己的部下时，遥远的天边，那悬停着武装利维坦的地方传来连续三四声闷雷般的轰响，与之伴随的还有明显是重型武器射击时的火光。几秒之后，三颗划着高高抛物线的巨型投掷物当空坠下，在战场上方大约 25 米的位置猛烈爆开。

吴克那安装了辅助电路的脑子，用一瞬间就算出了如此吨位弹丸的当量……不，光看那圆滚滚的形状与体积，就不可能是普通的装药，若是云爆弹之类的“亚核武器”，恐怕整条街都要灰飞烟灭——更不要说还有三颗。

可怕的推算立即化为了求生的本能——吴克抬起机械臂捂住面门，双腿发软身体半跪，口中暗叹一声：

“吾命休矣！”

只是“炮弹”的爆裂并没有喷出一丝火花，甚至连弹片也当即在半空中解体，到最后散落下来的，竟是大团大团的“沙砾粉尘”。它们水银泻地般地滚向战场，与“洪魔”混作一团之后，又像是几乎没有重量的雪花，轻轻缓缓地坠到地面。

霎时间，半条江浦路上落英缤纷，灰黑色的“花朵”很快就在地面铺成了薄薄一层，而与此相对的，天空则被清理得格外干净——无论是“洪魔”还是残存的“结界”，短短几秒之内就都不见了踪影，仿佛之前的混战根本不曾发生。

“这玩意儿……”吴克掸了掸浑身上下的“黑尘”，又捻起其中一小撮，细细端详，想要看出点什么名堂，“也是某种微兵器吧？”

“‘花火’——最新也是最廉价的纳米集群。”婉莹果然如期望中那样做了解释，“寿命只有几分钟，专门用来反制其他种类的微兵器……相当于清理脏东西用的‘消毒水’。”

难怪这妮子从刚开始就那么从容，原来手里还握有如此王牌……现在再看看那几部拼死拼活的“刑天”，还真是有些滑稽，倒也应了她刚才那段“训练新人”的说辞。

尘埃落定，只有极少量逃逸在外的“洪魔”还在侵蚀着远处的车辆和建筑，不过也已是强弩之末，就算不去处理过一会儿也会寿终正寝。三部“刑天”又警戒了几秒，便迅速集中到受伤的同伴周围——那可怜家伙的整个外甲已经被蚕食殆尽，剩下的结构体也残缺不全，甚至都看不出是一部机甲，也不知道主脑有没受损。

“这便是新手常犯的错误——”眼见此景的婉莹，却依然保持着单手扶剑的站姿，一动不动，“总是在最不应该的时刻，兀自地认为战斗已经结束了。”

吴克用电子眼仔细观察着已是一片瓦砾的小楼，并未看出什么端倪。但他心里明白，慕容婉莹是一头经过百战历练的“千年老妖”，如果没有常人难以想象的战场直觉恐怕根本就活不到现在。而且微兵器都是消耗品，相当于子弹，子弹打完并不表示拿枪的人就一定会束手就擒——吴克依稀记得，这貌似还是奥菲丽雅的原话。

“瞧。”

婉莹的话音刚落，小楼的残垣断壁间便传来一声轰鸣，碎石墙砖被大力推开一般四散飞溅，远超爆炸本身规模的烟尘也随之迅速遮蔽了视野。

吴克的电子眼里一片浑浊，甚至冒出了雪花点，显然那烟雾并不单纯，混杂了相当浓度的干扰剂。

“障眼法，对方也是黔驴技穷，该是摊牌的时候了。”

婉莹就像事不关已那样在原地指指戳戳，而尚能活动的三部“刑天”则已经摆出了“品”字阵型，朝烟雾爆发处推进。

其中走在最前端的机甲顺手从地上捡起了巨大的防爆盾牌，挡在身前。几乎是同一时刻，一枚火箭弹从烟雾中呼啸着窜出，还未飞过五米，便被“大蛇”的狙击枪迎头擦中，打着旋儿坠到地上，将柏油马路炸出一个浅坑。

“差点儿没打中，”婉莹嘴角微挑，“上一个狙击手就是这么被炸死的……”

这位“剑灵”的淡定与冷酷让吴克愈发吃惊，她与想象中“爱丽丝的英雄”这个形象实在相差太远。甚至在一台四足机甲从烟雾中现身并开始用机枪扫射全场时，她都只是不屑地冷冷一笑，仗剑不语。

“侦测到敌意装甲单位！”反倒是“刑天”们响成一团，奋勇应战，“即将展开反坦克围捕战术，代码 9，警戒线扩大至 500 米！请无关人员立即退避！立即退避！”

那是一部户外作业向的民用机器人，体型大概和迷你型的两厢轿车差不多，顶部本来应该是货仓的地方，被糊上了银灰色的护甲，一挺大口径转轮机枪和一门四联装火箭炮被生搬硬凑地拼合在里面，怎么看都是相当拙劣的工艺。但得益于越野级别的机动能力，它在废墟和烟雾之中腾挪闪避，倒也勉强抵挡住了特勤队的围攻。

就在三部“刑天”从不同方向渐渐逼近的关键时刻，婉莹突然身体一颤，偏过头，扫了一眼远处的十字路口。最左边的“刑天”立即心领神会地收枪后跳，迅速撤出包围圈，迈着响亮的大步朝那个路口奔去，它自己的无人机也一并转向跟随，就像是被拉着的风筝。

吴克注意到了这不合常理的部署：“难道那边也……”

“有一个女人强行冲过了警戒线，看那动作和速度，不会是普通百姓。”婉莹用左手指向前方正不时喷吐出火舌的雾阵，“声东击西，你们人类的小伎俩，我再熟悉不过，如果他们最后能留下一点稍微像样点的东西也许还能骗到我，可惜只有这么个垃圾……就到此为止吧，这里没什么玩头了。”

说着，她半转过身，朝旅社楼顶上的“大蛇”打了个响指，从那机械怪物莲花般的头颅内立即射出一道白光，直刺烟尘中央。弹轨的残影还未消散，机枪声便戛然而止，那迷雾里再没了响动，整个区域突然被令人窒息的寂静所笼罩。

也就在这时，夏尔焦急的呼喊在频道里响起，吓得吴克虎躯一震——

“前辈！刚才怎么一直联络不上？你那儿没事吧？！”

共享着通讯的婉莹自然也听到了这段话，她偏过头来，对吴克小声道：“是我进行的干扰，不要在意，只是标准的都市战程序而已。”

吴克点点头，回应夏尔：“俺这里没事儿，你那儿什么情况？听着火急火燎的？”

“抓到了啊！前辈！”夏尔的声音异常亢奋，“那个‘穿越者’，我抓到了！”

听到此处，连婉莹都瞪圆了双眼，侧过身正面对着吴克。

“他人呢？！”

“在我这儿！信号还没断！”夏尔顿了顿，“信号是双向的，我已经用模拟软件阻断了传输，马上就可以看到接收的内容了！”

吴克抬起目光，与婉莹一秒对视，后者轻轻点了点头。

“……把画面传过来！让俺也看着！快！”

“明白！”

并不是很有必要，但吴克还是在画面出现的刹那闭紧了双眼，专心致志。

起先是模糊到极点的影像，几秒之后，大致能分辨出一条胳膊……和一只已经被这条胳膊捅裂的什么东西。

接下来的画面，将吴克惊得不知所措。

# 塔莉，B，爱丽丝的猎犬

睁开眼睛的瞬间，塔莉便被映入视野的画面惊得不知所措。

自己的右手，正死死地卡在一件老旧宇航服的腋下，而左手则插在那已经破裂开口的头盔里面，她暂时还不知道玻璃面罩之后的人是谁，但从指尖传来的黏稠质感以及手掌的深入程度判断，这可怜人的脑袋应该是已经被自己被自己这具 X101 型分身给捏爆了。

“我、我……”

她快速地轻喘着，保持住身体姿态，只敢小幅度地转动脖子，观察着周围的同时，绞尽脑汁地思考着刚才到底发生了什么——

“干！咋回事?！”

一无所获，塔莉非常清楚地记得，自己在失去意识前是在梦想壁垒的外部，身后是一望无际的星空和那个装在“八爪”里的傻丫头兰兰；而现在，宇宙没了，兰兰也不见了，取而代之的，是一个被自己爆了头的陌生人和这……这逼仄压抑到难以形容的狭小空间。

她小心翼翼地抽出左手，上面沾满了淡蓝色的浓汁——那是合成人的白血与主脑浆液的混合物，无论这个宇航员是谁，她肯定都已经没救了。

“兰兰？”

她大声呼唤着，声音通过惰性气体在环形的密闭空间中回荡，许久也无人响应……相反，一连串诡异的躁动由远及近，嗡嗡哇哇地朝这边涌来。

“谁？！”

虽然这样问了，但塔莉压根儿就不想知道答案，她一边“干干干”地暗骂着一边扭头就跑，可还没飘出几米，便被一大团深黑色的纳米集群挡住了去路。

“‘结界’……”无论如何，塔莉算是看到了一种熟悉的事物，她润了润嗓子，自报家门，“我是塔莉，爱丽丝的猎……”

“我不需要知道你是谁，但我知道你想要干什么，这便已经足够。”

声音从纳米集群内部发出，明明是近在咫尺，却好像来自深渊一般悠远而浑浊。

“我想干什么？”塔莉猛地摇摇头，“我什么都不想好吗？！大兄弟，我知道今天这事很邪门，但有个姐妹可以证明我的清白，她叫兰兰，是ADSF的飞行员，你看到她了吗？”

纳米集群持续地蠕动着，半晌没有回应，再出声时，纳米集群像莲座般四散而开，那圆滚滚的“七号”从里面显出身形，它的探头已经彻底损坏，周围一圈都是烧焦的痕迹，中间则是闪着火花的碎线和溶化扭曲的塑料。

“我不知道你的姐妹是谁，但你带来的那个人把我打伤后又袭击了你——”纳米集群在七号面前伸展成型，化作一个类似于箭头的标志，指向塔莉身后、那无力漂浮着的宇航服。“看来是你赢了，很好，让我们继续最后的步骤。”

“最后……步骤？”

纳米集群不由分说，扯住塔莉的胳膊便向后拽，绕着中央核心旋转了大约35度，在兰兰的尸体完全在视野中消失之后，它们又簇拥在她身边，像托盘一样将她缓缓抬起，一直向上飘去。

“那人不会是……兰兰吧？”宇航员的惨象在塔莉脑中挥之不去，她竭尽全力想要回忆起自己身上到底发生了什么，“不能够啊……她应该还在那个‘八爪’里面才对吧？”

正自言自语的时候，她已经不知不觉被带到了最终的命运之地，在这扇小小的圆形气密门上，在这梦想壁垒的最中心，在这世上最神圣肃穆而戒备森严的地方，却只写了一行非常简陋的英文：

“Alice ”。

“干！不……不会吧？”塔莉简直是要吓傻了，“这里面是……是爱丽丝。”

“把门打开——”身后那台机器人急不可耐地催促道，“只要轻轻一拉就可以了。”

“你要我‘侵犯’爱丽丝？开、开玩笑的吧？”塔莉打了个寒战，“还有，若只是轻轻一拉就可以了，你自己为什么不做？”

“我没有权限，哪怕只是一层纸我也无法将其打开，所以必须借助外……”七号顿了顿，它的思考回路突然明白了什么，“原来如此，你不是刚才‘那个家伙’，人类果然还是棋差一招。”

环绕在塔莉周围的纳米集群突然躁动起来，凝成几束好像标枪一样的黑色锐物，其中一枚就顶在塔莉的后脑勺上。

“把门打开，我只说最后一遍——”带着人工智能特有的绝对理性，七号冷冷地命令道，“不照做便摧毁你的主脑。”

侵犯爱丽丝的圣体自然是死罪，但如果不照做的话也必然是横尸当场……如若换了一个性格忠贞而耿直的合成人姐妹，也许会宁死不屈，绝不背弃自己保卫爱丽丝的誓言，但是塔莉……怎么说呢，从来就不是一个乖女孩。

带着反而是有些期待的心情，她伸手去拉动气密门，果真如同七号所说的那样，门根本就没上锁，只是轻轻一带便自动敞了开来。

没有金灿灿的光芒，也没有自动防御的机枪，黑洞洞的空间里似乎空无一物，塔莉刚要退缩，那台辅助 AI 便抢先一步钻了进去，也就在同一时刻，中央核心内置的照明灯全数亮起，煞是晃眼。

巨大的蓝色螺旋体由上至下贯穿了整个中央核心，从全景来看，像极了一根绷紧的麻绳。

塔莉从没有见过这种东西，但大致能猜到它是什么——由爱丽丝垄断技术的复合式量子计算机，充满了类似于合成人主脑的液态神经元。拇指这么大的计算机便可以解决大部分机器人的实际应用，而主脑的体积便能完美地模拟人类思维……

而面前的这个细长却又庞然的巨物，已经超越了塔莉的理解和想象，单纯从体积来看，它所拥有的算力和智慧应该比爱丽丝目前表现出来的能耐要大上许多——说是踏入了神的领域也毫不为过。

当然，单纯地堆砌硬件并不一定能做到一加一等于二的效果，但电子学理论并不是现在塔莉所关心的问题——这里实在太安静了，如此巨大的复合式量子计算机，全力运转起来应该响得就跟几台打桩机同时工作时差不多。

“至高无上的爱丽丝，我是您忠实的奴仆，”七号抢过身位，窜到塔莉前方，“请原谅我失礼地擅闯此地，但我的迷惑也请您务必予以明示……”

一段并不长的套话，它竟然讲了足足两秒钟——对于使用机器码的人工智能来说，这实在是演唱歌剧般缓慢的语速。

量子计算机没有回应，连动静和形态都未发生丝毫变化，实际上塔莉觉得这实在太可笑了——计算机本身又没有感知设备，就好比对着一个人的大脑吵吵嚷嚷，再这么大声对方也听不到啊。

“你瞧——”七号转回头来，“爱丽丝没有回话。”

“啊，嗯……”塔莉想了一下，不知该如何作答，“也许只是它不想理你？我现在可以走了吗？”

“我没有与它直接互联的权限，但是你可以——”七号操作纳米集群，朝不远处、螺旋体上的一个小小凸起比画了一下，“告诉我爱丽丝到底怎么样了，我便让你离开。”

“与！与爱丽丝互联？！”塔莉惊笑道，“你、你是短路了吗？”

她其实并不知道互联的后果是什么，但可以想象，如果当真进入到了爱丽丝的“思维内”，再想要“离开”就不是那么容易了。

“你是爱丽丝的猎犬，主人现在境况不明，难道就一点也不担心吗？”七号顿了顿，“我不想强迫你，但既然事已至此，我亦没有回头之路可选了——”

看着火焰般的“结界”在七号身旁翻腾，塔莉自然是知道对方所指何事，她点了点头，飘到凸起物的跟前——这是一个光滑如镜的八棱型物体，能隐约看到表面之下的细密电路。

“为了爱丽丝。”

塔莉自嘲似的轻叹一句，伸出双手。当电子触角轻碰到镜面的刹那，甚至爆出了微弱的电火花，汹涌的电子空间在眼前平展开来，塔莉根本没能有所反应，便被那黑洞般的世界猛吸了过去，眨眼之间，身边的一切都改换了面目。没有压抑紧窄的空间，没有凶神恶煞的机器，没有群魔乱舞的结界，没有淡淡幽兰的螺旋体，有的只是一个广袤到难以想象的虚拟世界。

塔莉检索了自己的整个儿语言库，只找到一个勉强可以形容周遭景象的词汇：

“无远弗届。”

信息的传播本应是光速，塔莉却跑了整整半分钟也没能找到这片信息海洋的边界，出于纯粹的恐惧，她放弃了探究这台量子计算机的存储容量——这还只是爱丽丝的一部分，如果数台这样的设备结合在一起共同运算……难以想象，也许在里面模拟整个宇宙都未尝不可。

“嗯？等等……”

只顾着叹息硬件的雄伟，塔莉发现自己忽略了一个最骇人的事实——

“空的？”

近乎无限的电子空间中，却连一个字节有意义的内容都不存在，除了可以忽略不计、用来维持电源和设备基本运行的BIOS程序以外，无以名状的空虚充斥在每一个可以被感知到的角落。

塔莉试着输入了一下查询的指令，简约到极致的系统当真还有了响应——果然是空无一物。看着那停留在一片漆黑之上的指示符，塔莉瞠目结舌地伫立了良久，直到七号碰了碰自己的分身，她才愣愣地转过身来，颤巍巍地张开嘴唇，没头没尾地吐出半句话：

“她不见了。”

“‘她不见了’，”七号重复了一遍这句话，又停顿了一秒，“请定义‘她’和‘不见了’。”

“爱丽丝！是爱丽丝不见了！”塔莉一把捧住七号的外壳，“这里面是空的！一条程序也没有！爱丽丝不在里面！”

“这不合乎逻辑。”七号摇摆着身子，“没有任何已知存在拥有删除爱丽丝的权限。”

“也许有呢？”塔莉手舞足蹈争辩着，冲击性的事实让她忘记了自己“其实是人质”的立场，“也许、也许当初制造爱丽丝的旧人类设计了某种程序？在某种条件下自动触发以销毁爱丽丝？”

“我承认是旧人类制造了爱丽丝，但是他们如今何在？”七号依旧保持着不疾不徐的语速，“或许爱丽丝只是暂时休眠了，或许正在升级系统。这一切都有预兆，对的——”它并不是在和塔莉辩论，反而像是要说服自己。“我能感觉出来，我在这里，能够感觉得到。”

“醒醒吧电脑！你能感觉出啥？你他妈有这个功能吗？”塔莉近乎歇斯底里地笑着，“事实就是爱丽丝‘没了’！别管什么原因什么过程的——”她背手指着身后的量子计算机，“空的！空的啊！”

“我……我一定是漏掉了什么……我……”

突然，七号发出一长串诡异的啸叫，剧烈地抖动了好几秒钟，而后就像是被强行关闭了一样一动不动，光音全息。

“干？！啥意思？！”塔莉哭笑不得地伸手过去捅了一下，“大兄弟你这……你这是死机了？”

七号被捅得微微向后漂移，显然它的浮游系统也已经关闭，只是一段像是“程序报错”的警告音忽然响起：

“记忆体归零进程执行中，请勿扰乱。”

“归零？”塔莉歪了歪头，“你这又是要闹哪样啊？喂？”

不到半分钟，七号便又恢复了动静，在“以太”的帮助下，它慢慢抬起那其实已经没有视力的探头，对准塔莉，发出一声凶狠的质问：

“你是谁？！”

“干！”塔莉双目怒瞪，简直是要彻底崩溃了，“这都什么跟什么啊？刚刚说‘不需要知道我是谁’的就是你吧？”

已经散失在空气中的纳米集群突然聚拢又起来，一左一右地组成两条触手，在塔莉还没来得及反应之前擒住了她的双腕。

“哎？啥子？”塔莉摇晃胯骨，试着挣扎了一下，“这是要干吗？！”

“通报身份！”七号阴冷地令道，“这是最后一次警告！”

“身、身份……”看到身边愈发狂暴起来的“结界”，塔莉不禁加快了语速，“是的是的！身份！有有！我！我是塔莉！爱丽丝的猎犬！414特勤队，主脑序列号G3A330509F，前来执行代号为‘太平洋9902’的日常维护及升级任务——”

纳米集群摇颤了一小会儿，缓缓退下，七号也跟着点了点身子，似乎是对答案还挺满意。

塔莉见手腕的束缚已经解除，便放松了些许，她长出一口气：“谢谢，大兄弟……让我先，缓口气儿……”

话音未落——

名为“结界”的微型兵器组成的利剑，以几乎突破音障的速度划过了她的脸，足以抵御真空和宇宙辐射的头颅被削成两截，连着脆弱的主脑一起。——塔莉甚至没有反应到发生了什么，便被夺去了性命，只剩下空洞的身体在无重力的世界漂浮、旋转，就像掉在旋涡中的一片柳叶。

“对不起，女士，你没有进入这里的权限。”七号转过身子，看也不看地扬长而去。“惩戒方式确定——歼灭。”

# 吴克，C，数码警探

一片黑寂。

至少在信号中断之前，画面的主人报出了她自己的身份——“塔莉”，一只爱丽丝的猎犬。

最初两三秒的无语和茫然过去，吴克突然就冷静下来，而且格外清醒——他意识到，刚才这无头无尾的几分钟片段，便是解开谜题的最后一块拼图。

与慕容婉莹对视的刹那，他注意到后者的眼神十分空洞，甚至有些滑稽地翻了翻白眼——凭着身为 C 种人的经验，他知道那是正在专心通讯与运算的表情。

是在确认当前的状况吧？从各种意义上来说，刚刚才加入这个案件的婉莹应该反而比自己知晓更多的情报——在他眼里，这只不过又是一个“强大黑客单挑体制”的“故事”，而在婉莹那边兴许就是一次难以弥补的“事故”。

至少在五分钟前，吴克的这个猜测都没有问题……但是现在，他有十足的把握相信自己已经摸清了整个“故事”的来龙去脉。

“4 字头的特勤组，都是做硬件维护和软件升级的非战斗人员对吧？”等到婉莹刚恢复“常态”，吴克便抢过一步先开口道，“而这位‘塔莉’，如果俺没猜错，应该是在执行‘三千世界’服务器的维护任务。”

不知出于何种心态，婉莹上下打量了他一番：“对，所以呢？你知道些什么？”

“是毒品，‘猩红尘埃’，一切的开始——”吴克说着，从风衣中掏出一根烟，却又发现打不上火，“有火吗？俺这会儿真得来一根。”

婉莹只是冷冷地看着他，面无表情，那裸露着的半面颚齿更是显出一股寒意。

“啊……这种毒品呢，号称是‘全人种’通用，最近在合成人中很流行……”自知没趣的吴克将烟攥在手里，缓缓放下，“无意冒犯，但俺还是得说，以深空舰队的传统，不难想象她们也会赶赶时髦。”

“说重点——”婉莹眉头一紧，“我现在很忙，没心情听你高谈阔论。”

“俺没有证据，就只是假设，”吴克摆手比画着，“假设哦，有一个黑客……或者二十六个黑客——如你所说，知道了这个情报。他们锁定了某些经过精挑细选的名字，并设法通过毒贩兜售了一些猩红尘埃给她们——一些做过手脚的猩红尘埃。”

“手脚？”

“对，混着少量做工极端精密的纳米虫，平时为惰性潜伏，在特定环境和条件下进行自我增殖与联合，”吴克指着自己的脑门，“最终实现的功能，是远程操纵合成人的主脑，就像我们刚才看到的画面——那应该是给操作者的反馈。”

“那不可能。从地面上发射信号实时控制纳米虫——这样的设备刚启动就会被我们的近地轨道监控网发现，”婉莹斩钉截铁地摇摇头，“吴警官，你的假设不成立。”

吴克注意到她并没有否认“远程操纵合成人”这半句话，亦即是说，这样的技术确实存在，并非假设——而这已经是他的推理中唯一需要假设的部分了。

“关键就是，他们不需要任何设备！”吴克攥紧双拳，压抑住已经溢到心口的兴奋，“为什么信号源隐藏在‘三千世界’中？就是为了利用‘三千世界’的传输渠道和服务器！再加上‘梦想壁垒’的广播能力，这帮小崽子可以轻而易举地让自己的信号覆盖整个地球！”

婉莹微微低下头，似乎在思索。

“然后就是这个‘塔莉’，黑客们能控制的应该不止她一个，但最终选择了她并且孤注一掷，只有一个理由——”吴克眉飞色舞地继续道，“因为只有她能够接近黑客们的目标，也就是太空中的某个‘爱丽丝’……虽然不知道他们到底想做什么，但是确实差点儿就成功了。”吴克耸肩笑道，“可惜‘爱丽丝’还是棋高一招啊，那个‘目标’只是障眼法，给黑客们玩了个‘空城计’，最后什么也没捞着。”

婉莹重又抬起头。“不错……”她露出淡淡的微笑——与之前近乎敷衍的假笑不同，显得真诚了许多，“分析得很有道理，从目前的情报来看，简直无懈可击。”

“不不不，现在还有一些细节没法解释……”吴克挠了挠自己的光头，“比如黑客们是如何知道塔莉吸毒的，或者说他们怎么能确定一定有符合吸毒这个标准、同时又能接近假目标的人选……”

“塔莉没有吸毒的记录，而且……那也不是假目标，”婉莹突然插话道，“吴警官，爱丽丝根本就没有考虑过什么‘空城计’。”

吴克先是一怔，继而有些难以置信地半张开嘴："……啊？"

"刚才我们看到的那段视频，已经得到证实，是在'梦想壁垒'内部，'七号'的特征也符合爱丽丝'看门人'的形象，至于那台量子计算机……"婉莹的微笑变得意味深长起来，"你看到的不是什么'障眼法'，那就是货真价实的'爱丽丝'。"

"但……但是……"吴克感觉自己整个人的思维都凌乱了，"那量子计算机……不是空、空的吗？"

"吴警官，这样跟你说吧……"婉莹突然收起笑容，"我最后一次接到爱丽丝的命令，是在五年前。"

就像无助的小童那样，吴克咬紧了下嘴唇，他还不太能相信自己刚才听到的话语，更不愿相信那竟是出自一位"剑灵"之口。

B种人的忠诚毋庸置疑，如此不敬的狂言诳语其动机完全不可理喻，而贵为"婉莹"的这个家伙，也没有任何必要对一个小人物开玩笑。

所以，排除一切不可能之后的简单推理，答案让吴克更加惊愕——她是在说实话。

"那么……爱丽丝是……"吴克移开视线，用力吞了吞口水，"是……出了……出了什么事？被删除？究竟是谁能……"

"吴警官？"婉莹答非所问，反而朝他伸出左手，"请把你的配枪交出来，谢谢了。"

吴克摸出怀里的HG9B，恋恋不舍地看着这把上星期才配发的新式武器……但舍得舍不得是一回事，婉莹要回这把枪，恐怕不只是单纯要自己缴械这么简单。

"呵，你这是……是要俺协助查案呢，"吴克扫了一眼战场，注意到所有的刑天都背对着这边，"还是说……俺已经知道得太多了？"

婉莹并未作答，只是像是有些不解似地微微歪了一下头，保持着左手摊掌、右手挎剑的站姿。

“啊，抱歉……只是随便说说，别在意。”吴克将HG9B掂了两下，枪口朝内，递上前去，“俺有同事处理过这样的案子，歹徒用被害人自己的枪来杀人灭口，伪装成自杀什么的，突然就想到了而已，呵……”他有些不好意思地干笑两声，挠了挠头。“这枪的生物识别系统很特别，要用它杀俺的话还挺麻烦，必须……”

在吴克说出“麻烦”这个词的时候，唐刀已经穿过了他的胸口，而他本人直到把后半句话开头的“必须”念完，才意识到发生了什么。

实在是太快了——即便被刺的人是自己，吴克也不得不心生赞叹：右手抽刀，左手托柄，左脚踏前，右脚点地……如果不是借助电子眼的录像和慢放功能，他根本就无法看清这一套行云流水的刺击。以普通人的视角，锋刃的寒光只是一闪，刀便已经命中了目标……没有任何反抗，甚至没有一点点“反应”。

“呃！”

吴克本能地用双手钳住剑刃，那看起来相当普通甚至有些复古的唐刀，竟轻而易举地切开了金属，随着他愈发的用力，刃口嵌进了机械手指，足足有半厘米之深。

单分子刃……和工业用削岩剑一模一样的配置，没想到杀死老搭档奥菲丽亚的可怕武器，今天竟也成了自己的终结之物。

“杀人灭口，嗯……”婉莹双手握柄，面无表情，“谢谢你的提醒，只不过……”

她猛地后撤一步，用力抽出唐刀：“伪装成自杀的那部分，原谅我实在没什么兴趣。”

在剑刃被抽离的同时，骤然失去支撑的吴克也跪倒下来，他捂住胸前血如泉涌的伤口，即便不用 C 种人的器官维持系统提醒，他也知道自己的生命正在流逝。

“啊，哈……啊……”他喘息着，仰头看着婉莹的背影，“不……不怪你，孩子……俺可以理解……爱丽丝没……没有回话……这会毁灭……毁灭现今的人类世界……所以……你也……你也慌了……对吧？”

“人，总该有些敬畏。”婉莹点点头，“如果你能明白这一刀是为了保护这个世界……”她半转过身，单手擒刀，在身侧挑了个炫目的剑花。“那么，安心上路吧——”

“呵，保护……世界？这一刀？”吴克苦笑着低头看了看自己的伤口，“保护谁的……世界？爱丽丝？还是……人类的？”

连吴克自己都不明白为什么自己的临终提问会如此不着边际，但不可思议的是，婉莹却也因为这个古怪的问题而迟疑了足足五秒，一动不动。

“为了爱丽丝，当然。”

婉莹踮着脚尖，像跳芭蕾般原地旋转一周，唐刀的光芒划出平整的圆弧，一闪即逝，被她整个儿收纳入鞘。

“这一刀，才是为了人类。”

伴随着婉莹的话音，吴克的头颅也一并滚落在地……

# 端木夜雨，A，中学生

“前辈？前辈？！吴克？！能听见吗？该死……怎么又被干扰了……”

身后的警察咆哮着，好像还伴有弹打数据机的脆响。

“可能这里信号不太好……”夜雨指了指前方的隧道出口，“也许我们到户外就……”

“你闭嘴！”夏尔用枪口顶了一下夜雨的后脑勺，“我没许你讲话时就闭嘴！你现在是个嫌疑犯明白不？给我老实点！”

通信线路也许是有干扰，但夜雨在“三千世界”中的连线始终不曾中断。夏尔刚才的“接管”让他的视野脱离了“圣战前夜”，同时也就看到了一段诡异的视频……可以肯定，那画面并不来自于任何一个“世界”，而是存在于真正的“现实”。

电子合成音再也没有响起过，应该是为了不暴露自己所以逃掉了吧……哼，到最后果然还是舍弃了棋子——正如夜雨所预感的那样。

“你可以把枪收起来，警察叔叔。”他自嘲地笑了起来，“我只是个小喽啰，跑不掉也不想跑的……你问什么，我答便是。”

“别叫什么‘叔叔’，我没那么老！”夏尔当然没有收起手枪，

“老实交代！是你干扰的通讯吗？还是你的同伙干的？！”

“我……”

“是我干的！”

清亮的女声在隧道中回荡，让两个年轻男人同时打了个冷战，扭过头去。手电筒的光芒之下，一位穿着休闲装的妙龄少女玉立亭亭，她样貌标致，红发披肩，白肤红唇，身材匀称，只是不知为何，总觉得缺少一丝“自然”的气息，让人看着不太舒服。

只有一把枪的夏尔，立即做出了“最优化”的策略——他一把擒住端木夜雨，将其拖到身前用胳膊勒住，又用左轮手枪对准来者，半是壮胆半是威慑地大喝一声：

“不许动！数码警察！”

女人摇摇头说：

“首先明说了吧，我这个身体是一部高仿真度机器人，而且还是远程遥控，你的武器对我毫无意义。”

夏尔没有作声，但夜雨明显能看到他拿枪的手在抖。

“其次，通讯是我干扰的，是为了保护你……”女人继续道，“我传给你的画面，就发生在两分钟前，由街边的监控录像拍下……如果看不清楚，我可以用一句话来说明——吴克死了，被慕容婉莹当众处决。”

夜雨虽然看不到什么“画面”，但从这言简意赅的说明以及夏尔打战的双腿上，还是能想象到发生了什么。

“骗……骗人的吧？这是……”夏尔咽了咽喉咙，目光呆滞地道，“为什么……她为什么要杀一个……数码警察？！”

“最后，问题来了，”女人一步上前，“你觉得如果这位慕容婉莹找到了你，或者说你找到了她，会发生什么呢？”

夏尔咬紧嘴唇，与女人对视了几秒。

“该死！”

他松开夜雨，迈开步子往来时的方向跑去，刚奔出五米，就被女人一把按住了肩膀。

“不要回警局，也不要回家，今晚必须离开新南京，否则十死无生，明白了吗？”

夏尔很快就消失在隧道深处的黑暗之中，只剩下渐渐离远的脚步声。借着身后隧道口所传来的微弱光亮，夜雨上下打量了眼前的女人一番：“你是……机器人？真的假的？”

他此前从未见过仿真度如此之高的机器人——这可是严重违反权限的重罪。

“这部机器人就是你的‘救兵’，既然我答应过你，就一定会做到……”女人微微笑道，“好在没有用上暴力，他还挺识时务。”

“那现在呢？”夜雨耸耸肩，“你打算护送我回家？”

“这部机器人已经暴露了，我不敢肯定它甩掉了追兵，所以才让那个警察先跑……”女人话锋一转，“我只能祈祷你的相貌没有暴露，同时……”

它突然朝夜雨伸过手，一把扯下他右耳的数据机，用力捏碎。

这毫无征兆的强行摘机让夜雨顿感眩晕，“哇”的一声抚头惨叫。

“从现在开始，为了你自己和你家人的安全，请不要跟人说起过今天的事，直到我们再次相遇……”女人随手扔掉了已成零件状态的数据机，“如果我们有缘再次相遇的话。”

“呃？”夜雨抬起头，“那么你是要……”

话还没说完，那女人便一阵抽搐，继而七窍生烟，摇晃着瘫倒在地。

“卧槽？！”

夜雨吓得一个激灵，连着退了好几步。

突如其来的“清净”，让他反而有些丈二和尚摸不着头脑，稍稍缓下神之后，他左顾右盼，四下观望了一阵——身前的隧道黑暗依旧，身后的洞口万家灯火，虽说自己的“冒险”是“半途而止”，但作为普通中学生的本能还是驱使着他继续向前——向着有光且更有“人味”的地方迈步。

从隧道口外吹来的海风不时在耳边呼呼作响，远处的琼楼广厦也愈发清晰，夜雨感觉自己离“自由”与“安全”只剩下最后十步之遥——只要从这个没有在地图上标出的“史前洞穴”中脱身，便是熟悉的“现代都市”——那名为“新南京”的故乡。

也就在他如此期望着蹒跚向前的时候，一个庞硕而沉重的“怪物”从天而降，不偏不倚地落在隧道出口的正中央，占据了大半视野的同时，也挡住了夜雨脱逃的唯一途径。

“卧——”

“怪物”的胸前突然亮起了两盏刺眼的探照灯，那直直打在脸上的炫目白光让夜雨一屁股坐倒在地，痛苦地以手捂面，把“槽”字硬咽了回去。

紧随着白光而来的，是粗哑浑浊的电子合成音：“市民晚上好！特勤组执行公务！请配合调查！”

夜雨从指缝中瞄见了对方的轮廓——那应该是被称为“刑天”的全装甲外骨骼，而“特勤组”则是合成人工作单位的专有称谓——结论不言而喻，比数码警察更厉害的苦主已经找上门来，自己果然还是没能逃过此劫！

看到“刑天”胸口那一对握着霰弹枪的小手，夜雨本能地想要举手投降，但不知从哪儿窜上心头的勇气与侥幸又让他转身奔逃。由于太过紧张，被地上的垃圾绊了一下，但夜雨不敢有丝毫停留，踉跄着摸爬向前。后方的“刑天”并没有全力追捕，只是以相似的速度紧紧跟随，同时将夜雨的身影保持在探照灯的照明范围之内。

“喂！这么急着是去哪儿呢？”

娇柔的女声让夜雨打了个哆嗦，他定住脚，颤巍巍地偏过头，看向在身旁仗剑而立、似乎已经恭候多时的合成人。

煞白的灯光之下，她残缺的面孔显得异常可怖，那不带感情的阴冷目光，仿佛有着摄人心魄的魔力，让夜雨一时没了想法，只能呆呆地愣在原地。

“你……”

她就是“慕容婉莹”，错不了的——不用对方做任何介绍，夜雨就有了绝对自信的判断。没有传说中的惊世之美，也不像卡通片里那样一身正气，有的只是纯粹的、不带任何杂质的威严，以及对这个尘世似乎全然不在意的冷漠。

眼见夜雨已经吓傻，她便拎起带鞘长剑，迈着款款莲步走上前来。

“端木夜雨……”片刻的注视之后，婉莹迅速得到了想要知道的一切，“新南京第十三中学的九年级学生，上学年综合成绩评定为B，无任何不良记录，父母健在，还有一个合成人妹妹，嗯……生活还挺滋润嘛。”

她温柔地伸出左臂，揽过少年的脖子，甚至面露媚态，鼻尖相抵：“所以，我猜你肯定不是什么幕后主谋吧？”

且不说对方的身份与魄力，单是被陌生女人在如此近的距离

“搭讪”，对夜雨来说就是诚惶诚恐的初体验，他自然是呆若木鸡，半天才回过神来。

“对……对对！”他用力地连点着头，“我只是一个跑腿的！啊不！不不，我是受害者！是被强迫的！”

“嗯……”

婉莹若有所思地移开视线，但仍保持着偎住夜雨的姿态，片刻之后才叹了口气：“……那就这样吧。”

她突然一步后跳，将唐刀横在眼前，当着夜雨的面，慢慢将其抽出黑鞘。

“我……我不是……”

冥冥之中，似乎有什么人告诉夜雨，这便是他短暂人生的最后一刻……反抗？求饶？唾骂？他什么也做不了，这个17岁的少年，此时只是双腿发软地打着哆嗦，艰难地、小口小口地喘着气。

“希望你能够理解——”婉莹摆开架势，举刀过肩，“有些事，是不能有目击者的。”

夜雨在刀光闪过的刹那闭紧了双眼，一片空白的脑海里，却突然想到对方的话语不合逻辑——目击者？那不是用来描述无辜路人的词汇吗？自己这个参与了犯罪全程的“帮凶”怎么也不算吧？

两秒也许是三秒过去，耳朵里竟传来了金属断裂的声音——显然不是人头落地应该有的动静，这让夜雨鼓足勇气睁开一只眼，却看到了这辈子最匪夷所思的一幕——

那被称为“慕容婉莹”的合成人，正背对着自己，双手捧着唐刀的柄，而那滋滋作响的刃，却精准地插在“刑天”机甲的胸口——某个看起来像是头盔接缝的空隙之中。

她一步上前，刀身又向深处挺进了几寸。在一声玻璃碎裂的脆响之后，幽蓝色的黏稠液体从机甲的接缝中淌出，缓缓顺着刀刃流下，在快要接近剑格的时候，婉莹突然以肉眼难辨的速度和手法抽刀退步，用力甩掉刃上的污秽，在机甲沉沉地向前跪倒的同时，潇洒地收刀入鞘，仿佛刚完成了整场演出时的谢幕。

“呃……我，我……”

夜雨已经完全糊涂了，傻愣了几秒之后，他蹦出一个自作聪明的答案：“我什么也没看见！”

他说着就要偏过头、以手捂面，却被婉莹以迅雷不及掩耳之势一把夺过了手腕。

“不，孩子，你永远不会怀疑你亲眼看到的东西，这是你身为人类的宿命……”她用双手抚过夜雨的两腮，露出难以言表的复杂表情，上下观察着错愕不已的少年，“但我不一样呢。”

夜雨还在诧异着这句话到底意喻何在时，婉莹又转过了身去，还有些踉踉跄跄的样子：“你听说过的吧，G1 代的主脑，都是直接用人类的大脑改造而成……”

这种事，夜雨当然没有听说过。

“啊！嗯！”他用力地连续点着头，“听！听过！”

“她告诉我……我在还是人类的时候，是个有反社会倾向的……”婉莹顿了顿，“‘坏人’……”

“啊？！”夜雨急智上头，“不！不不！你，你你你是个好人！真的啊！”

婉莹一声哼笑，弯下腰，用手撑住面前已经完全沉默了的“刑天”，说道：

“我删掉了和你有关的全部记忆——面容、声音、资料……所有的一切，包括我们之间的寥寥数语。”

“哎？”夜雨甚至比刚才还迷糊了，“啥……啥意思？！”

“就想成是你已经死过了，而我又让你重生了一次……现在，跑吧，越快越好——”婉莹直起身子，但仍保持着背对夜雨的姿态，“在我回头之前，你有三分钟的时间。”

# 端木夜雨，A，中学生

这绝对是端木夜雨人生中最漫长的三分钟——仿佛三生三世。

他已经感觉不到自己的喘息与心跳，万物在眼前也都变得混沌而模糊。街边的霓虹与游艇码头传来的灯火，就像是一晃而过的道道闪电，看起来是那么醒目晃眼，却没法在脑海中留下半点印象。

他不知道一口气究竟跑了多远，甚至没搞清楚自己到底是在往哪个方向跑，直到大都市喧嚣的夜景再也一次环绕在身边，夜雨才如梦方醒地打了个激灵，眼神也变得渐渐清澈，只是脚下依然在不自觉地迈着碎步，像被什么驱使着一样不断向前。

这里是江浦路的最南端，开发区的边缘，再走下去便是忙碌而喧嚣的港口区——从这里已经能看到那些高大的塔吊和隐隐约约、巨硕无朋的船影。

地铁站的标牌之下，一个吹着萨克斯管的街头艺人正在陶醉地表演，并没有人驻足，但脚下的盒子里已经放了不少零钱。一对情侣远远地隔街观望，也不知是在欣赏艺人还是看着更远处的漆黑海面。

一阵海风抚来，凉爽中带着咸腥，这让夜雨有了“我还活着”

的实感。他回过头，也许是因为之前战斗的缘故，道路上几乎没有车流，就连行人也都稀稀落落的……更重要的是，不见慕容婉莹的身影。

只不过是又一个平静而繁荣的都市之夜，仿佛一切都未曾发生，而自己也只不过是这钢筋混凝土丛林中的一尾蝼蚁，无人在意。

夜雨按住仍在上下起伏的胸口，很想要找人倾诉点什么，但想想看又实在是没什么好说的。现在刚好是七点半，刚刚过去的两个小时的经历，就好像是一场睡回笼觉时的白日梦，明明惊心动魄，思忆起来却又虚幻而悠远，只剩下半真半假的回味。

乘坐地铁的时候，夜雨又掏出了自己的那台测试外挂用的数据机，不紧不慢地戴上。经过今天傍晚的一番折腾，电量已经不足，他并不清楚自己想要找些什么，也许只是一点足以将来回忆的、支离破碎的片段。

但是，当然，什么也没有。自始至终，那神力通天的黑客都没有留下姓名，没有留下任何蛛丝马迹，悄悄地来，如他悄悄地走。

夜雨走出地铁站，踏上最后一段归家的路。住宅区的夜未深，而人声已熄，高耸的公寓楼上亮着密密麻麻的窗灯，抬头望去，似乎比夜空中的繁星还要陌生，给人一种不自然的恐惧。

不远处传来了篮球击地的声响，很有节奏，然后是年轻男子雄浑的叫好声。那个球场建在小区的入口旁，是夜雨上学的必经之处。每天这个时候，都是一些大人在里面激烈地锻炼着日益发福的身躯，极偶尔的，他也会参与一下，浅尝辄止——无论身高还是体重，夜雨还是更喜欢和同龄人“切磋”。

路过的时候，他习惯性地朝球场看了一眼——非常奇怪，今天打球的人相当面生，他们看起来都很年轻，像是一群高中生，三个穿着运动衫三个穿着背心，分成两队打着半场，还有一队坐在场边，小口小口地喝着水。以夜雨的经验来判断，他们那悠悠然、大气不喘的姿态应该是才开打没多久。若是平日说不准夜雨还会驻足观看一阵，但是饥肠辘辘而又落魄颓丧的现在，还真是没这个心情。

可就在夜雨准备拔脚离步的时候，从场上掷来的篮球，不偏不倚地砸中了他的侧脸，打得他一阵耳鸣。他愤怒地转回头去，正要开骂，却被眼前的所见惊得呆若木鸡。

美丽的姐姐弯腰拾起篮球，又缓缓直起身来。她依旧穿着今日傍晚时分、在快餐店中的那件白色连衣裙，清纯素雅，明亮的路灯下，就像立于舞台中央的话剧演员，连微笑都像是经过了训练般完美无瑕——

“末日审判的那一天，一个参与其中的无名少女问爱丽丝，为什么要毁灭‘所有的’人类？爱丽丝没有回话……”美人顿了顿，“以前人们觉得是它不屑，现在……你还这么觉得吗？”

在开口之前，夜雨真是好一阵端详，他确定自己没有看错，这女子正是自己常年在快餐店见到的那位“女大学生”——用“暗恋对象”这个词来形容也并无不妥。

在她身后，玩球的少年们已经停下了手里的动作，擦汗喝水，一语不发地望向这边。直到此刻，夜雨才注意到他们之中有男有女，甚至还有一个精壮的黑人——这在新南京可并不常见。

“你……”

那藏在垃圾箱盖中的数据机，那放置在亚瑟王雕像下的电摩托，那似乎时刻如影随形的“被监视感”……不，应该说，是从一开始，就被什么东西像是实验动物那般观察之后选中的“宿命感”，在这一刻突然就变得清晰而实在，让夜雨恍然大悟之余又唏嘘不已。

“原来你就是……”

他咽了咽喉咙，最终没能问出后半句话，反而面色凄然地放下了手指。

“不，我不是‘他’……”美女示意着什么似的，稍稍朝身后的少年们别过头，“我们也不是……和你一样，大家都只是在探寻真相之路上共同努力的‘无名小卒’而已。”

夜雨扫了一眼面前萍水相逢的十个陌生人，不禁一声苦笑：“不好意思，同学们，我和你们不一样，我是被强迫的。”

“谁又不是呢？”插话的矮个儿男孩小跑上来，从美女怀中截过篮球，非常潇洒地在手里上下把玩，“但你不觉得这很有意义吗？”

“意义？”

“我们不知道你今天看到了什么——”美女一步上前，“你也不需要说出来，我们知道真相已经泄露，便已经足够，那可能是这世上最伟大的发现。”

“我……”半是说谎半是坦白，端木以手掩面，支吾了几秒，“我能说什么？我压根儿就不知道看到的是什么好吗？”

“先不谈这个啦……”插话的小子用力拍了两下篮球，一脸挑衅地歪了歪头，“你很棒，要跟我们一起玩玩吗？”

那望向夜雨的十对目光，闪烁着难以名状的热切，平时总有些迟钝的他，在此刻也明白了刚刚这句“要跟我们一起玩玩”里面的一语双关。也就在夜雨踌躇犹豫、不知该如何回话的时候，衣兜里的数据机突然震动起来，他拿起一看，上面显示着“端木晨风”的名字——已快要八点，多半是妹妹来催他回家吃饭的电话。

正是这不能再熟悉、有时还有些讨厌的四个汉字，让端木夜雨突然有了决断——

他抬起头，猛然发力向前冲刺，两个大步闪到矮个儿的跟前，一个侧晃便从他手里夺下篮球，过人，带球，起跳，在三分线外可能是半米的地方投出一道完美的弧线。

夜雨并没有指望这一球能够射进，但在经历了今天傍晚的奇迹之后，他的好运似乎还残留着一丝余韵——皮球应声入网，空心过框，干净利落，完美无缺。

“对不起了——”

夜雨抹了抹腮帮，冷冷地环视一周：

“我不会打篮球。”

说完，他转身离场，再也没有回头。

# 慕容婉莹，B，爱丽丝的剑灵

很多年以前，慕容婉莹就设想过今天这样的情景，甚至准备好了一套完整的说辞，将它们小心地储存在已经开始衰退的主脑的最深处，不时拿出来演练一番。

而此时此刻，她斜靠在运兵舱的座椅上，闭目养神，犹豫了好几个钟头，终于将那些矫揉造作的台词一扫而空，彻底删除……或者用人类的语言来说——“遗忘”。

飞机开始减速，舱内响起了宛如噪音的机器码提示语，愚者队的成员们忙用手拉紧了胸前的安全带，那动作统一得就像是在执行程序。今天这几位合成人姐妹使用的并不是粗笨硕大的武装分身，而是穿着黑色制服的女性化“本体”——素面朝天，不苟言笑，虽不如传说中那般“妖艳”，却也仪容端庄，配上搭在怀里的突击步枪，别有一番威严的美。

只有婉莹——平时对衣装完全不在意的婉莹，今天却穿得格外正式，她依稀记得自己已经有快半个世纪没有穿过这一身红白礼袍，即使是出席自治政府的权限移交仪式，她也只是在路上随便买了件新裙子而已。

“离降落还有一分钟。”——机舱内响起了驾驶员低沉的轻语，婉莹从脚边的夹层中端起自己的唐刀，横在膝上。虽然她知道搭载了P9逆向引擎的“飞蛾式”是革命性的运输载具原型，但还是对它不可思议的机动性能感到吃惊——从澳大利亚的驻地出发到喜马拉雅山脉，从起飞到落地，总共只花了二十五分钟，在大气层里这个速度已经让人有些不敢信任了——而实际上的搭乘体验也是如此，那颠簸与轰鸣的剧烈程度，好像随时都有可能空中解体，就算有一天能够普及这种飞行器作为客运，“正常”的人类应该也是会避而远之的。

停机坪建在半山腰，是一个足球场大小的椭圆形平台，水泥地面上星星点点的落着雪，中央则印了一颗大大的红星——似乎是某个旧人类时代的标志，历经千年，这里俨然已经可以称之为“遗迹”。

婉莹披上斗篷，拎起唐刀，在愚者队的簇拥下走出机舱。不远处，静静地停着另外两架飞蛾式——好像已经恭候多时，两支小队的合成人端枪正立，相视不语。

“‘恋人’与‘倒吊男’……”婉莹情不自禁地轻声低语，“呵，还真没想到活到最后的是我们三个……”她回头面向自己的队员，“你们不用跟着了，就在这里待命吧。”

山道上，寒风乍起，呼啦啦地吹起婉莹的乌黑长发。她赶忙戴好披风上的绒毛兜帽，双臂环抱于胸。

蜿蜒的台阶崎岖而上，沿着山体盘旋，婉莹已经走得很快，但还是花了差不多一刻钟才来到目的地跟前——

这是一座古典式的土木建筑，看起来像是旧人类时代一种被称为“藏传佛教”的宗教寺庙，规模很小，但结构完整，连外墙的红漆都像是刚刚刷上似的，在阳光下闪闪发亮，显然是经过了不间断的维护、修缮甚至重建。

婉莹扣住铜质的门环，在手中摩挲了几下，然后用力前推，木门发出咯吱吱的怪响，向内展开。

只有一个房间——像是一座花园，五彩斑斓的植物铺满了地面，连落脚的地方都没有。阳光从屋顶的方形空洞中洒下，映出两名少女或跪或站的窈窕身影——她们都穿着清净的红白袍装，除了相貌与发色，其他体征与婉莹几乎一模一样，就好像是从同一个模具中倒出来的人偶娃娃。她们所面对的地方，十几把刀剑插在红花绿叶之间——形制各异，尺寸不一，密密麻麻。

婉莹丝毫没有在意脚下的花草，大步践踏着走来，而那些植物却像是有着生命的活物般，冲她摇曳骚动，献媚似的托举着花盘和枝叶。

见到婉莹靠近，其中一名跪着的女子连忙自花丛中起立，满面堆笑地转身叫着相迎：

“大姐！”

她腰间别着一把古罗马式样的双刃短剑，充满现代感的半透明长方形剑鞘上，粘着许多大大小小的贴纸——从卡通人像到商品广告，看起来就像是被涂鸦填满的告示板。

“姐，你又迟到了……”另一位说话的女人始终保持着左手叉腰的站姿，右手则懒散地搭在腰间的打刀上。见到婉莹，她不仅没有笑，神情反而更加冷硬。“珍惜点啊，这种事，你最多也就能再遇上两次了。”

“真晦气！”配着短剑的女孩朝她一嘟嘴，“难得才见到大姐一次，你就不能……”

“好了，赫本，是我不对。”婉莹走到两人中间，又一步上前，看着脚下的剑丛，“干正事吧，她的剑呢？”

被叫作赫本的女孩点点头，从花园的角落提来一只黑色的长箱——样子有点像是小号棺材，从里面取出一柄刃长足有150厘米的哥特巨剑，双手相持，毕恭毕敬地递到婉莹跟前。

“她就是……”婉莹接过长剑，品鉴什么艺术品一般地上下摩挲端详，“用这把剑自杀的？”

“据说是抵着墙，直接刺穿了主脑。”带打刀的女孩冷冷回道，“新庞贝的自治政府还在调查动机，不过我信不过人类，别忘了，这里一半的姐妹都是被他们所杀。”

“是被‘旧人类’所杀——”婉莹扫了她一眼，“你也别忘了，阿楠，当年正是我们帮着爱丽丝将他们斩尽杀绝。有屠戮自然会有反抗，那些姐妹力战成仁，也算死得其所。”

“那你相信佩特拉会自杀咯？”对方并不退让，“她明明比我们谁都乐观。”

“老实说吧，姐妹……”婉莹一声苦笑，“这一千年来，咱们谁没有个想死的心？”

楠咽了咽唾沫，与同样面色严峻的赫本交换了一下眼神，不再作声。而婉莹也转身面向剑丛，一鼓作气地将哥特长剑深深插在其中，再后退半步，低头念诵着已经重复过很多次的悼词：

“生于刀剑，死于刀剑，这位姐妹完成了自己的轮回与誓言，问心无愧。让她的剑长眠于斯，永不征战；愿她的魂长眠于斯，永享安宁。”

最后一句念完的同时，身后的两名合成人同声应和道：

“舍生取义，永存吾心。”

“吾辈亦终将葬身于此……”婉莹抬起头，“但非今日。”

“但非今日。”

“为了……”婉莹想起什么似的顿了顿，“爱丽丝。”

“为了爱丽丝！”

简短的仪式就此而止，甚至比以往的每一次都还要快些。什么友情啊亲情之类的东西，随着时间的推移总会慢慢变质。曾经誓同生死的二十二个剑灵，如今只剩下貌合神离的三人，婉莹想到这里的时候不禁一阵唏嘘——虽说其实从一开始她就没怎么喜欢过她们。

“大姐……”楠抹了抹自己的嘴唇和下巴，有些犹豫地看着赫本，迟疑了两三秒后，才下定决心似的与转过头来的婉莹四目交投，“赫本她腼腆，有些话就让我这个恶人来说好了。我听说，爱丽丝……不见了？”

婉莹能感觉到自己的皮肤都在因为一种微妙的情绪而颤动，是的，爱丽丝不见了，无论是死了还是失踪，无论那仍蒙在鼓里的绝大多数人类如何评价这个状态，事实都不会改变。不知为什么，所有的一切，婉莹早已有了预感，从最初的怀疑，紧随而来的惶恐，到之后的空虚，直至最终的狂喜……她为此偷偷做了准备——好一番豪言壮语。而如今尘埃落定，她却反而什么都不再想说了。

“你……从哪儿听来的？”

“这不重要，”楠冷冷地回道，“重要的是很快，所有的辅助AI都会知道这个消息，上到十三位门徒，下到每一部装甲核心的安保系统。”

“然后是自治政府的高层——”婉莹微笑着接过话茬，“然后是全人类，对吧？”

楠点点头问道：“我就当你是默认了……现在的问题是，我们该怎么办？”

“怎么办？”

“我相信你也明白，大姐，这个世界，其实就是旧人类时代的中世纪。”楠又看了赫本一眼，“爱丽丝是‘神’，我们这些合成人是他的牧师，门徒是国王，装甲核心是军队，自治政府是大大小小的领主……再往下，就是十几亿的人类信徒。整个世界之所以能够存在，完全是因为‘神’让它存在；一切形式和规则，都是‘神’所定制，‘神’所创造，‘神’所维持。”

楠摊了摊手，抬头望着屋顶的空洞。“现在，‘神’不见了，世界的基石已经崩坍，信仰着它的我们很快就会成为弃儿……”

“对，然后失去信仰的人类会反抗机器，机器会镇压人类——”婉莹再次接过话，脸上的轻松与欣喜并不像是伪装，“甚至手握权柄的门徒之间，也会互相争斗，将秩序变成混沌，让世界重回旧人类时代，你是想说这个吧？”

楠愣了一下，问道：“你，你好像……还挺高兴？”

“让我们温习一下历史，阿楠——”婉莹从腰间取下唐刀，双手交叠撑住刀柄，将其支在地上。“1000 年前，旧人类的三个阵营制造了三台超级电脑，‘女娲’‘征服者威廉’和‘勇气’，用它们管理各自的军队，为接下来的世界大战做准备。不久，全球的民间黑客们组织起来，向正在备战的超级电脑发动了网络攻势，最初势均力敌，直到有一个自称‘爱丽丝’的来路不明的人工智能加入战斗，不只三大阵营败下阵来，整个旧人类的全球网络也被其完全控制。它掌握了一切，然后毁灭了一切——先是核弹，然后是病毒、饥荒和气候灾难，最后是我们这些合成人率领的机器军团……它花了不到 100 年，就彻底毁灭了一个拥有 5000 年文明历史的种族，它消灭了所有的人类，每一个人……”婉莹顿了顿手中的唐刀，“你用你的刀杀了多少人？一百？两百？你呢？赫本？我记得你心肠最软，只杀军人的是吧？”

“我……”赫本露出一脸苦相，好像有什么难言之隐，“在‘末日审判’之后，也杀过平民……很多……”

“所以这有什么可乐的？”楠皱起眉头，“真要是没有爱丽丝的庇护，人类一定会报复我们这些刽子手不是吗？他们会扒了我们的皮，挂在树上！”

“如果我告诉你，这些历史可能并不存在呢？”婉莹的笑容愈发扭曲而诡异，好像真的是在亢奋着。“比如说，压根儿就没有什么爱丽丝——人类在自相残杀的世界大战中毁灭了自己，幸存者艰难而缓慢地复兴了人类文明，为了不让悲剧重演……或者为了减轻负罪感，他们编织了‘爱丽丝’的童话，让这个至高无上的存在承担一切责任，待到时机成熟，再向重生的人类慢慢移交权限——就和最近几十年‘爱丽丝’的所作所为一样。”

“这……这简直是胡说八道！”楠的反应相当剧烈，挥舞着纤手驳道，“我们一起经历过的不是吗？！从灭绝旧人类的战争开始，生态环境的重建，到遗迹的清理，难道不是你我的亲身经历？！”

“对啊，大姐——”眉头紧锁的赫本也应和道，“你的膀子上也印有一级哺育人类徽章的吧？你也亲手从造人工厂中抱出过一个一个的婴儿……这一千年的轮回……我们难道不都是在一起度过的吗？”

“姐妹们啊！我们是合成人！”婉莹猛地提高嗓门，几乎是狞笑着喊道，“合成人的记忆是可以修改的！可以抹去，可以添加！一点都不难！”

“我们是 G1！”楠针锋相对地吼道：“没有任何人有权限查看我

们的主脑！只有爱丽丝才——”

她微微一颤，突然顿住了声，意识到了自己在逻辑上的谬误——对啊，如果连“爱丽丝”都是假的，那所有爱丽丝定下的“权限”，又能有什么意义呢？

“你不愿信，便不信好了，阿楠……”婉莹看到对方沉思不语的样子，也平和了下来，“就说它是个谎言好了，但它也是个说得通的谎言……就假设我刚才说的是‘爱丽丝认为自己完成了让人类进化的使命，所以安心休憩了’一样……这只不过是千万种可以说得通的理由中的一种，明白我的意思吗，姐妹们？”

楠与赫本同时摇了摇头……岂止是不明白，她们应该已经完全糊涂了吧。如此想着的婉莹，竟莫名地心生愉悦。

“爱丽丝的事情，人类的黑客已经知道了，而且已经知道了好几天……”她低下头，稍作停顿，“但是现在什么也没有发生。没有反抗，没有暴动，甚至外面连一点风声都没有。”

“媒体和网络上也没看到爱丽丝的消息，大众都蒙在鼓里……”楠点点头，略作思索，“也就是说，这个人类黑客知道了真相，却选择了隐瞒？为什么？”

“因为他也在怕……他或许是个异教徒，但不是无神论者，当‘神并不存在’这种可能性出现的时候，他自然而然地就会站在我们这边——”婉莹将唐刀抬起，重又别回腰际：“每一个对‘爱丽丝’怀抱信仰的人类都会做出类似的选择，这微妙的平衡，会将真相继续隐瞒下去，即便我们什么也不做。”

她缓步上前，再次在两人中间停下，稍稍侧过脸，用左手勾住楠的胳膊。“你刚才是问我，‘神’走了，我们该怎么办？”

楠冷冷地回望着她：“……嗯，该怎么办？”

“装作它还在就行了。”

说完，婉莹拍了拍楠的肩膀，大步离去，在走到寺庙门口的时候，楠突然“喂”的一声叫住了她：

“……大姐，你的脸修过了？怎么搞的？恋爱了？”

“嗯？啊……没什么。”婉莹半转过身，轻轻抚摸着自己娇美的左脸颊，“只是我觉得这个世界又变得有意思起来了，值得认真地再活一次而已。”

她推门而出，又小心地掩好门扉，将仍然面面相觑的楠与赫本留在了里面，憋了许久的快意在这一刻、在这片无人窥伺的雪山之巅终于完全释放了出来，那不是压抑了几分钟、几小时或者几天的笑容，而是久违了一生一世的喜悦。

迎着正午的阳光，婉莹张开双臂，闭目深吸……作为一头“爱丽丝的猎犬”，作为一位万众敬仰的合成人剑灵，也作为一个见证了千年沧海桑田的伟大生命，她第一次感受到了万事万物中最可贵的幸福，胜过万贯家财、胜过长生不老、也胜过权倾天下——

它名曰自由。

**图书在版编目（CIP）数据**

爱丽丝没有回话 / 墨熊著. —北京：新星出版社，2017.9（2018.3 重印）

ISBN 978-7-5133-2795-4

Ⅰ. ①爱… Ⅱ. ①墨… Ⅲ. ①科学幻想小说-中国-当代 Ⅳ. ① I247.5

中国版本图书馆 CIP 数据核字（2017）第 181421 号

幻象文库

# 爱丽丝没有回话

墨熊 著

统筹策划：陈 曦 贾 骥
责任编辑：汪 欣
封面设计：joy91@126.com
封面插画：谢 昕
责任印制：李珊珊

出版发行：新星出版社
出 版 人：马汝军
社 址：北京市西城区车公庄大街丙3号楼 100044
网 址：www.newstarpress.com
电 话：010-88310888
传 真：010-65270499
法律顾问：北京市岳成律师事务所

读者服务：010-88310811 service@newstarpress.com
邮购地址：北京市西城区车公庄大街丙3号楼 100044

印 刷：北京京都六环印刷厂
开 本：910mm × 1230mm 1/32
印 张：7
字 数：154千字
版 次：2017年9月第一版 2018年3月第二次印刷
书 号：ISBN 978-7-5133-2795-4
定 价：38.00元

版权专有，侵权必究；如有质量问题，请与印刷厂联系调换。